どうも、噂の悪女でございます
聖女の力は差し上げるので、私はお暇頂戴します

三沢ケイ

目次

どうも、噂の悪女でございます
聖女の力は
差し上げるので、
私はお暇頂戴します
“祝福”の聖女
マリーアンジュ
＝ベイカー
侯爵令嬢。
八歳で聖女の証である聖紋が現れて以来
十年間、聖女、そして未来の王妃として国に尽くす。
真面目な性格で「国をよくしたい」という思いが
強いため、人によっては冷たくみられることも。
聖女としての固有の力は「祝福」。
幸せを呼び寄せ、災いから遠ざける
加護を与えることができる。
Keyword
［聖女とは］
膨大な神聖力＆精霊と通じる力を
併せ持つ女性で、数十年に一人しか現れない。
体の一部に聖女の印である聖紋があるが、
その模様・場所は人によって異なる。
【国王となる者は、聖女を妃として娶り大切に慈しむべし】
という王家の決まりがあり、聖女であることが分かったら
王妃の座が約束される。
「豊穣」「防災」「浄化」「付与」の力に加え、
その聖女固有の力を持つ。

イアン＝プレゼ

プレゼ国王太子で
マリーアンジュの婚約者。
結婚相手が勝手に決まることに苛立ち、
幼い頃より聖女教育とマリーアンジュを
ないがしろにしてきた。

ダレン＝ヘイルズ

公爵令息でイアンの側近。
名門学園を飛び級で卒業した秀才。
昔からマリーアンジュを支えるが、婚約破棄後は
より全面的に彼女をサポートし、
頻繁にデートに誘い出す。

Characters

［登場人物紹介］

メアリー＝リットン

父親が一代で成り上がった男爵家の令嬢。
ふわふわのピンクブロンドで愛らしい外見だが
気が強く、マリーアンジュを
敵視している。

シャーロット＝プレゼ

プレゼ国王妃であり現役の聖女。
マリーアンジュが幼い頃から様々なことを教え、
本当の母と娘のように思い合っている。
「先見」の力を持つ。

presented by
Kei Misawa × m/g

I'm the rumored villain

◆プロローグ

この日、プレゼ国で最も格式高い名門学園――プレゼ王立学園の大ホールでは卒業記念パーティーが開催されていた。

精緻に描かれた壁画の隙間には惜しげない金箔《きんぱく》が施され、縦溝彫りになった白い柱の上下にも繊細な彫刻が施されている。天井は顎を上げて見上げなければならないほど高く、そこには神話の世界の神々と天使達が描かれていた。

そして、数えきれないほどのクリスタルが使われた大きなシャンデリアは卒業生達の笑顔を煌《きら》びやかに照らし出している。

まるで王宮にいるかと見まごうような豪奢《ごうしゃ》なこの大ホールに、突如大きな声が響きわたった。

「マリーアンジュ＝ベイカー！　お前との婚約を破棄する！」

人々が歓談し賑《にぎ》やかな空気に包まれていた大ホールは、一瞬で水を打ったように静まり返った。

「婚約破棄っておっしゃったの？」

「いったいどういうことだ？」

突然のことに、周囲にいた生徒達はざわざわとさざめく。

人々の中心には、一組の男女が向き合って立っていた。共に、本日この王立学園を卒業したばかりの十八歳で、ひとりはプレゼ国王太子のイアン、もうひとりは艶やかな金髪をハーフアップにした、彫刻と見まごうばかりの美しい令嬢だ。

「……恐れ入りますが殿下、理由を伺っても?」

婚約破棄を告げられた令嬢――ベイカー侯爵家のマリーアンジュは表情を崩さずに、静かにイアンに問い返した。

大きなアーモンド型の目は清らかな泉を思わせる水色、すっきりとした鼻梁《びりょう》は気品を漂わせ、肌は陶器のように真っ白で滑《なめ》らかだ。整いすぎたその美貌は彼女をまるで感情のない人形のように、周囲に冷たい印象を与えていた。

「その白々《しらじら》しさは、さすがは悪女といったところだな。お前の数々の悪行はわかっているんだ」

「悪行とおっしゃいますと?」

マリーアンジュは聞き返す。

「しらばっくれるな! お前はたまたま聖女の力を授かったが故に俺の婚約者になれたことを利用して、傍若無人な行動を繰り返していたそうではないか! お前の噂《うわさ》はすでに、生徒の間でも有名だ! メアリーもそう証言している」

「メアリー?」

マリーアンジュは眉根を寄せる。

（メアリーって、どのメアリーかしら？）

ゴットン侯爵令嬢？

もしくはリプトン伯爵令嬢？

何人かメアリーという名前の令嬢の顔が思い浮かんだが、そもそも全く身に覚えがないので誰のことを言っているのか確証が持てない。

「どこまでも白《しら》を切る気だな。俺がメアリーと親しくしていることを嫉妬して、お前が数知れない意地悪をしたこともわかっている！」

イアンは横にいた小柄な少女を抱き寄せる。

マリーアンジュはそこで初めて、その少女の存在に気づいた。ふわふわとしたピンクブロンドの髪に淡いグリーンの瞳を持つ、ぱっちりとした目が印象的な愛らしい少女だ。

「あら。あなたはリットン男爵令嬢だったかしら？」

マリーアンジュの記憶が正しければ、それはリットン男爵令嬢のように見えた。言葉を交わしたことは数えるほどしかないが、イアンと一緒にいるところを何回か見かけたことがある。

「白々しいぞ！　メアリーに意地悪をしただろう！」

「……え？　しておりません」

「ふざけるな！」

イアンは怒りの頂点に達したようで、周囲の目も憚《はばか》らずに大きな声で怒鳴る。

マリーアンジュは表情を崩さぬまま、イアンを見返した。

「イアン殿下。王太子ともあろう方が人前でこのように感情を爆発させるなど、もっての外でございます」

「黙れ！　お前のそういうお高くとまったところが周りに疎まれる原因だぞ！　お前は彼女のことを無視し、わざと茶会に呼ばず排除しただろう」

「お言葉ですが殿下。わたくしはメアリー様とはほとんど喋《しゃべ》ったこともございません。お茶会とは親しい者同士でするものですわ」

「ひどいっ！　自分が無視していたくせに、そんなことを言うなんて！」

そこで大きな声を上げたのはリットン男爵令嬢のメアリーその人だ。イアンに抱きつくような格好をして、マリーアンジュを睨《にら》みつけている。

「聖堂でちゃんとご挨拶したときに『こちらこそよろしく』って言ってくださったのに、その後はまるで私がいないかのような態度をとられていましたよね。たくさんの方が見ていました。私の言っていることが嘘《うそ》だっておっしゃるんですか⁉　私が男爵令嬢だからって、格下に見ていらっしゃるんですよね？」

大きな目にいっぱいの涙を浮かべたメアリーは信じられないと言いたげに口元を押さえ、ぽろぽろと大粒の涙を流しながらまくし立てる。こんなにまくし立ててよく息が続くなと感心してしまうほどだ。

「聖堂で挨拶……。祝福のことかしら？」

マリーアンジュは形のよい眉を寄せる。

この国には膨大な神聖力を持った聖女が数十年置きに現れ、国を守る役目を負う。

聖女には聖女全員に共通するいくつかの特別な能力があるが、その他にそれぞれの聖女で個々に違う、その聖女特有の能力があった。マリーアンジュの場合は〝祝福〟と呼ばれる、幸せを呼び寄せ災いから遠ざける加護を与える力だ。

そのため、マリーアンジュは在学中、先生にお願いして年一回全生徒に聖堂で祝福を与える機会を設けていた。

（この方、本気でおっしゃっているのかしら？）

みんなは挨拶する相手がマリーアンジュひとりでも、マリーアンジュは数百人いる全生徒が相手なのだ。

祝福の加護は与えるたびに神聖力が失われていくので、とても疲れる。こなすのが精いっぱいで、そのひとりひとりとどんな会話を交わしたかまでは記憶になかった。

「おお、可哀想《かわいそう》に。俺がいるからもう大丈夫だ」

イアンは沈痛な面持ちで、メアリーをさらに抱き寄せる。そして、濃い青色の瞳でキッとマリーアンジュを睨みつけてきた。

「その表情は、身に覚えがあるようだな」

勝ち誇ったような表情のイアンが、完全に的外れなことを言う。メアリーを抱いていない右腕をビシッと上げ、マリーアンジュを指さした。

「お前のような聖女とは名ばかりの悪女を許すわけにはいかない。よって、今ここに婚約を破棄する！」

冒頭と同じ言葉を、イアンはもう一度言う。

そして、決まったとばかりにふっと口角を上げげた。

（……えーっと、これ、どうしようかしら？）

マリーアンジュは頭痛がしてくるのを感じた。

イアンは元々賢明な人間ではなかったが――。

（ここまで愚かだとは思っていなかったわ）

ここには多くの生徒――そのほとんどが将来、イアンを支える立場になる貴族だ――が集まっている。

そんな場で、婚約者でもない一介の男爵令嬢を抱き寄せ、誰が聞いても完全に言いがかりとしか思えないことで糾弾し、挙げ句の果てに婚約破棄を言い出すとは。

「……イアン殿下。今なら間に合います。お言葉の撤回を」

怒りが込み上げるのを必死に抑え、マリーアンジュは告げる。

「断る。いざ婚約破棄を突きつけられたら俺に泣いて縋《すが》るとは、見苦しいぞ」

泣いていませんけど？という台詞《せりふ》はすんでのところでのみ込んだ。

「恐れながら、この国の決まりでは国王になるものは聖女を娶《めと》ることになっています」

マリーアンジュはつとめて冷静にイアンに語りかける。

婚約破棄、大いに結構。願わくばマリーアンジュから申し立てたかったくらいだ。

しかし、マリーアンジュにはそれができない大きな理由があった。

それこそがこの決まりである。

【国王となる者は、聖女を妃として娶り大切に慈しむべし】

この国の王家に古くから伝わる規律には、はっきりとそう明記されているのだ。そして、イアンの代の聖女はマリーアンジュである。

聖女は数十年に一度しか現れない、とても貴重な存在だ。そして、国の安寧のために聖女の力はなくてはならないものだ。

つまり、マリーアンジュは将来国王となるこの男と結婚しなければならないと国によって決められている。この決まりを勝手に破ることは、王太子であるイアンにもできないはずだ。

「それであれば問題ない」

イアンはふっと笑う。

「聖女は、自身の力を他人に授けることができるそうではないか」

「ええ、その通りでございます」

マリーアンジュは頷《うなず》く。

「ならば、今この場でその力を全て、メアリーに授けろ。そうすれば、メアリーが聖女となる」

「それは、本気でおっしゃっていらっしゃいますか？」

マリーアンジュは驚いて聞き返す。

「もちろん本気だ」

「……それは、いたしかねます」

マリーアンジュはきっぱりと断る。

すると、イアンは目尻をつり上げて憤慨した。

「この期に及んで王太子妃の立場が惜しいからと縋りつくのか。見苦しいぞ！　この、悪女がっ！　お前のような女が聖女などとは、王家の恥だ」

話も聞かずに一方的に自分を罵倒してくるイアンを見つめながら、マリーアンジュの中で何かが壊れた。

（恥ですって？　わたくしが聖女であることは、恥さらしだと？）

聖女の証である聖紋が現れたその日より、国を守るため、人々のためと思って必死で勉強してよき聖女、よき王妃になれるようにと努力してきた。なのに、その結果がこんな男の妃になることだったとするならば、やっていられない。

「今一度確認させていただきますが、わたくしの力の全てをメアリー様に授けることは殿下の意志であり、命令ですね？」

「そう言っているだろう」

「では、まずは国王陛下と王妃様にご相談を――」

「その必要はない」

マリーアンジュの言葉を、イアンが遮った。

「これは命令だと言っているだろう。物わかりの悪い女だ。父上と母上には、俺から伝える」

イアンはマリーアンジュを睨み、悪態をつく。

「……わかりました」

何を言っても無駄なのだろうと悟り、マリーアンジュは頷く。

「わたくしの持つ全ての聖女の力を、メアリー様にお渡しします」

「わかったなら、さっさとやれ」

イアンが顎をしゃくってマリーアンジュに命じる。

「マリーアンジュ様！」

一歩前に出ようとしたマリーアンジュを、横から止めようとする声がした。見ると、学園生活で親しくしてきて、公私共にマリーアンジュを支えてくれてきた令嬢達だ。

ひとりの令嬢が前に出ようとする。オルコット侯爵令嬢のアビーだ。

「アビー、大丈夫よ」

「でも……」

マリーアンジュはアビーに優しく微笑むと、背後に佇《たたず》む友人の令嬢達にも微笑んで首を左右に小さく振ってみせる。

相手は腐っても王太子。ここで下手にマリーアンジュを庇《かば》おうとすれば、彼女達が不敬罪をかけられる恐れがあるのだ。

マリーアンジュは皆が見守る中、イアンとメアリーの前まで近づく。

「メアリー様。お手を」

マリーアンジュは片手を差し出し、メアリーに手を出すように促す。

(うまく立ち回っているつもりでしょうけど、その本性、ちっとも隠せていないわ)

手を差し出しながらもメアリーが勝ち誇ったように口の端を上げたのを、マリーアンジュは見逃さなかった。それに気づかないふりをしつつ、メアリーの手を握る。

握り合った手が鈍い光を発し、やがてメアリーの手の甲に淡い花の紋章が浮かび上がった。

「メアリー様にわたくしの持つ聖女の力の全てを移動させました」

花の紋章がしっかりと浮き上がっていることを確認し、マリーアンジュは表情を変えずに淡々と告げる。

「本当だわ。見て、見て、イアン様！　私に聖紋があります」

メアリーは自分の手の甲を見て、はしゃいだようにイアンに語りかける。

男爵令嬢が王太子の名前を直接呼ぶなど、不敬極まりない。

けれど、もはやそれを注意する気すら起きなかった。

「殿下。これだけのことをされたのですから、それ相応の報いは受けていただきます」

イアンの眉間に深いしわが刻まれる。

「どういう意味だ」

「そのままの意味ですわ」

マリーアンジュは妖艶に微笑むと踵《きびす》を返す。

どういう反応をすればいいかわからずに凍りつく学生達の合間をすり抜け、大ホールを立ち去る。

「マリーアンジュ、待てっ！　この期に及んで、負け惜しみを。俺を脅迫するつもりか」

イアンの怒鳴り声が聞こえたが、マリーアンジュはもう振り返らなかった。

――だって、破滅へと歩み始めたこのふたりは、もう自分には関係ない人達だから。

◆第一章　婚約破棄

この世界の生きとし生けるものは全て、聖なる力の源である〝神聖力〟を持っている。そして特に膨大な神聖力とそれを使った特別な能力を併せ持つ女性のことを、人々は〝聖女〟と呼んだ。

聖女は〝聖紋〟と呼ばれる証を持ち、聖女にしかない五つの特別な能力を備えている。

祈りを捧《ささ》げることにより大地の精や水の精に働きかけ五穀豊穣をもたらす〝豊穣の力〟。

大地の精、水の精、風の精に働きかけて自然災害を防止する〝防災の力〟。

光の精に働きかけ、瘴気《しょうき》が立ち込め不浄が広がるのを防止する〝浄化の力〟。

さらには、その聖女特有の特別な能力をひとつだけ持っており、マリーアンジュの場合は〝祝福の力〟。

最後に、自身の持つ聖女の力を一時的に他人に移す〝付与の力〟だ。

その中でも〝浄化の力〟は特に重要とされており、聖女が浄化を行わずに不浄が広がると病がはびこり、一部の動物は魔物と化す。

それ故、聖女は特別な存在として人々に崇《あが》められ、大切に扱われる。

【国王となる者は、聖女を妃として娶り大切に慈しむべし】


古くから王家に伝わるこの規律は、ふたつの側面を持つ。

ひとつは、聖女に君主である国王と同等の身分を与えること。

もうひとつは、貴重な聖女の国外流出を防止することだ。

過去に聖女をないがしろにした国王が統治した時代、大災害が頻発したという話は有名な聖女伝説として語り継がれているのだが――。


卒業記念パーティーを抜け出したマリーアンジュは馬車乗り場へ向かうために廊下を進む。

そのとき、背後から「マリー！」と呼びかける声がした。

「あら、ダレン様」

マリーアンジュはその人を見て、立ち止まる。

駆け寄ってきたのは、凛々《りり》しい雰囲気の男性だ。さらりとした黒い髪の一部が額にかかり、その隙間からは深い青色の瞳が覗《のぞ》いている。

彼はダレン＝ヘイルズ。現王妃殿下の実家であるヘイルズ公爵家の令息で、イアンの側近を務めている。マリーアンジュのひとつ年下の十七歳でありながら、飛び級で今年このプレゼ王立学園を卒業した秀才でもある。

「ダレン様が色々と尽力してくださっていたのに、このような結果になり申し訳ございません」

マリーアンジュはダレンに対し、深々と頭を下げる。

ダレンはイアンの側近を務めているし、今のやりとりの一部始終を目撃したはずだ。

思えば、イアンが相手でもなんとかマリーアンジュがここまでやってこられたのは、ダレンが陰で色々と根回しして彼をハンドリングしてくれていたからだった。その努力を無に帰すような結果になり、面目次第もない。

「いや、俺のことはいい。きみこそ、今まで大変だったね」

「いえ、大丈夫です。なんだか、色々と吹っ切れてしまいまして……。すっきりしました」

「ははっ」

ダレンは肩を揺らして笑う。

「今日のことで、きみの立場が悪くならないように尽力しよう」

ダレンの言葉に、マリーアンジュは驚いて目を見開いた。てっきり、『今すぐ戻って謝罪するように』と説得するために追いかけてきたのかと思っていたのだ。

「わたくしの味方をしてくださるのですか？」

「当たり前だろう。誰がどう見ても、殿下が悪い」

ダレンは肩をすくめる。

「……ありがとうございます」

一方的に責め立てられたせいか、自分の味方になってくれる人がいることにほっとする。マリーアンジュがお礼を言うと、ダレンはふっと微笑む。

「お疲れさま。気分転換に、今度一緒に出かけようか。慰労だ」

「そんなことをなされては、イアン殿下の不興を買ってしまわれるのでは？」

マリーアンジュは小首をかしげた。

「構わない。俺がいないと困るのは殿下のほうだ」

ダレンは自信たっぷりにそう言うと、にんまりと口元に弧を描いた。

「まあ、ふふ……」

不敬だとはわかっていても、思わず笑ってしまった。

確かにダレンの言う通りだ。イアンが優秀なダレンに何かと仕事を押しつけているのを、マリーアンジュは何回も目撃した。

「お気遣いありがとうございます、ダレン様」

マリーアンジュは馬車に乗り込み、ここまで送ってくれたダレンにもう一度お礼を言う。

「また連絡する。きみのご両親にも、早馬を出しておく」

ダレンは片手を上げると、小さく手を振る。

「はい。ありがとうございます」

マリーアンジュも手を振り返す。

ダレンのお陰で、ずいぶんと気持ちは軽くなった。

マリーアンジュが屋敷に戻ると、卒業記念パーティーでの一連の出来事はすでに両親の知るところになっていた。

早馬を出すとは言っていたが、ダレンはその言葉通りそうそうに使いを出し、事実のみを伝えてくれていたのだ。

「お父様、お母様。申し訳ございません」

マリーアンジュはいたたまれなくなり、両親に謝罪する。

多くの貴族子息、令嬢達が集まる場であのような醜聞の渦中の人となるとは、本当に迂闊《うかつ》だった。まさか、イアンがあそこまで愚かだとは。

八歳で聖女になって以来、よき聖女、よき王太子妃であろうと必死に努力してきたつもりだった。けれど、イアンからするとマリーアンジュは口うるさくて目障りな存在でしかなかったのだろう。

「いや、お前がどんなによくやってくれていたかは、私達が一番よく知っている。災難だったな」

父であるベイカー侯爵は沈痛な面持ちで首を振る。母は「大変だったわね」と言って、両手を広げてマリーアンジュを抱きしめてくれた。

「しかし、あんなバカな奴に可愛《かわい》い娘をやらずに済んだと思えばいいかもしれないな」

ベイカー侯爵が憎々しげにつぶやく。

「まあ、お父様。ふふっ」

全面的に自分の味方になってくれる両親には、感謝しかない。

「お父様。これから、どうなってしまうのでしょう？」

「すでに国王陛下には私からも連絡したし、ダレン殿からも伝えてくれるそうだ。大丈夫だ」

ベイカー侯爵はマリーアンジュを安心させるように微笑む。

「彼らには、我が娘をこけにした報いを受けてもらおうか」

こういうとき、マリーアンジュはこの人が自分の身内で本当によかったと思う。彼女が知る父は、穏やかでありながら自身に害をなす人間には容赦しない苛烈さを持つ。

そこまで考えて、マリーアンジュは（いいえ）と心の中で思う。

きっと、この苛烈さはマリーアンジュも同じなのだろう。そうでなければ、あの場でメアリーに全ての聖女の力を渡すことなどしなかった。

聖女には、自身の力を一時的に誰かに移す能力がある。それはイアンの言う通りだ。

しかしそれは、聖女を交代するための能力ではなく、あくまでも聖女自身の身を守るための能力だ。

聖女の責務は非常に重い上に、消費する神聖力も膨大で負担が大きい。

そのため、聖女は自身への負担を減らすために、一時的に他の人間に聖女の力を移すことができるのだ。

そして、マリーアンジュも一度無理をしすぎて倒れて以来、神聖力を多く持ち、かつ信頼の置ける何人かの貴族令嬢達に時々聖女の力を移し、代わりを務めてもらっていた。それがアビーをはじめとする、卒業記念パーティーでマリーアンジュを心配してくれていた友人の令嬢達だ。

自室に戻ったマリーアンジュは今日の疲れを癒そうと、湯浴《ゆあ》みをすることにした。

卒業記念パーティーに出席するために用意したいつもより豪華なドレスを脱ぎ捨てて、湯船に張られたお湯に身を沈める。

「はあ、疲れた」

何をしたわけでもないのに、本当に疲れた。こうしてお湯に入ると、体の緊張がほぐれてほっとする。

ふと腕を伸ばし、自分の右手の甲が目に入る。

(聖紋がない)

常にそこには花の紋章があったので、いざ何もない右手を見ると不思議な気分だ。

マリーアンジュは右手に聖紋が現れた日のことを思い出す。

あれはまだ八歳の頃だ。

ある日目覚めると、右手の甲に見知らぬ紋章が浮かび上がっていた。

『おかあさま。なんだかへんなあざができたの。びょうきかしら』

それがなんだかわからなかったマリーアンジュは、すぐに母親に相談した。

『痣《あざ》？　どこかにぶつけたのかしら？　見せてみて――』

母はマリーアンジュの差し出した右手を取り、その甲に現れた紋章を目にして驚きで目を見開いた。

そこから先は、てんやわんやの大騒ぎだった。

（おとうさまとおかあさま、どうしてこんなにあわてているのかしら？）

父であるベイカー侯爵は誰かと連絡を取り合い『何かの間違いでは？』『大変なことになった』としきりに繰り返していた。そしてマリーアンジュは『いつ現れたのか』『自分で書いたのではないか』と何度も何度も両親から確認された。

『じぶんでなんて、かかないわ』

マリーアンジュはむくれて頬を膨らませた。確かにお絵かきは大好きだったけれど、自分の手をキャンバスになんてしない。

ベイカー侯爵は頭を抱え、しばらくすると真剣な表情でマリーアンジュを見つめた。

『マリーアンジュ。よく聞きなさい。これは聖紋かもしれない』

『せいもん?』

マリーアンジュはよくわからず、小首をかしげる。けれど、父がとても大切な話をしていることはわかった。

『せいもんがでるとどうなるの?』

『それは――』

そのときにベイカー侯爵がどう説明してくれたのかは、よく覚えていない。王妃様がなんたらかんたらと言っていた記憶が薄《うっす》らとあるだけだ。

そしてその翌日、マリーアンジュは両親によって王宮にある大聖堂へと連れていかれた。

『どうしておとうさまとおかあさまは、いっしょにいてはいけないの?』

初めて連れていかれた場所で、マリーアンジュは両親と隔離された。不安になり、自分の手を引く司教に尋ねた。

聖紋を持つ者は聖女となり、将来の王妃の座が約束される。そのため、自ら聖紋に見立てた入れ墨を入れたり、花のような紋章の痣を作ったりして聖紋が現れたかのように偽装する者は跡を絶たない。

あとから知ったことだが、これらの偽装を見破るために、聖紋が現れたという報告があった場合は必ず有識者である聖堂の司教達が調査を行うのだ。そしてマリーアンジュも例外ではなく、この調査をされていた。

何度も繰り返される同じ質問に答え、何人もの司教に手を見せ、最後は大聖堂の祭壇へと連れていかれた。

『ここで、神様に向かって祈ってごらん』

『いのる？』

『世界がよくなるようにと願いを込めて、こう言うんだ。光の精霊よ、我々に力を。この地に聖なる光を』

『わかったわ』

マリーアンジュは頷いて、見よう見まねでひざまずいた。

ずっと拘束されて疲れてしまったから、早く両親のもとに帰りたかったのだ。

『ひかりのせいれいよ、われわれにちからを。このちにせいなるひかりを』

マリーアンジュが祈りを捧げたそのとき、頭の中に直接語りかけるような声がした。

『願いを聞き入れましょう。新聖女よ』

『え？』

誰が喋ったのだろうと驚き、マリーアンジュは閉じていた目をパチッと開いた。

室内なのにまるで太陽の光が差し込んだが如く周囲が明るくなり、『おお』と周りの司教達がざわめいた。

(なにこれ?)

訳がわからず、マリーアンジュは呆然《ぼうぜん》と固まった。そんなマリーアンジュの傍らに、初老の男性がひざまずいた。

『あなたの誕生をお待ちしていました。新聖女様』

涙ぐんでマリーアンジュの手を握ったその男性は、ここプレゼ国の大聖堂のトップである教皇だった。

そしてその瞬間、マリーアンジュ＝ベイカーはただの少女から聖女になったのだ。

ぴちょんっと水の滴る音がする。

マリーアンジュは濡れた左手で自分の右の手の甲をなぞる。触っても、何も変化はない。

『いいですか、マリーアンジュ。聖紋が現れるのは聖女のみ。あなたは今の王妃様の次代の聖女となる唯一の人間なのです』

あのとき、教皇は感動に薄らと瞳を濡らし、マリーアンジュにそう告げた。

——あなたは今の王妃様の次代の聖女となる唯一の人間なのです。

教皇の告げたその言葉が意味するところは、聖女について勉強したことがある人間、少なくとも王族であれば絶対に知っていることだ。

マリーアンジュがメアリーに渡した聖女の力は、あくまでもその力を一時的に貸しているだけ。本来の聖女ではないメアリーが代わりを務め続ければ、やがて無理が祟《たた》り、神聖力が枯渇して体は悲鳴を上げるだろう。

（バカな人達……）

不相応に大きすぎる力を手にした者は、例外なく破滅する。

（そんなことすら知らないなんて）

王太子でありながら聖女について学ぼうとせず、聖女に関することを何もかもマリーアンジュに任せきりにしてきたツケが近く回ってくるだろう。

（イアン殿下には少し反省していただかないとね。メアリー様にも、それ相応の報いは受けてもらうわ）

これから起こることを考えると少々心が痛むが、これはイアンとメアリーが自分で蒔《ま》いた種。同情の気持ちは湧いてこなかった。

◇　◇　◇

一方その頃。プレゼ王立学園の卒業記念パーティーを終えたメアリーは、イアンと手を取り合って王宮の通路を歩いていた。

「イアン様。本当に大丈夫でしょうか？」

「メアリーは心配しなくて大丈夫だ。俺に任せてくれ」

メアリーが心配そうに見上げると、イアンは自信たっぷりに答えて握っていたメアリーの手を持ち上げる。そして、その甲に愛おしげにキスをした。

メアリーはイアンのその仕草に、まるで自分が世界中から愛された存在になったかのような錯覚を覚え、口元に弧を描く。

今歩いているこの豪奢な王宮が自分の屋敷となるかもしれないと思うと、ますます気分が浮き立ってスキップしたい気分だ。

どれくらい歩いただろう。ようやく辿《たど》り着いた先には、全面に彫刻の施された大きく立派な両開きの扉があった。その両側にはビシッと制服を着込んだ近衛騎士が立哨《りっしょう》している。

「父上と母上に面会を」

イアンが近衛騎士に声をかける。

「承知いたしました」

近衛騎士はイアンに対して小さく頷くと、横に立つメアリーをちらりと見る。

「こちらのご令嬢は？」

「リットン男爵令嬢のメアリーだ。彼女も連れていく。扉を開けろ」

イアンが横柄な態度で命令すると、近衛騎士は少し困惑したような表情を見せた。しかし、王太子相手に言い返せるはずもなく、扉が開かれる。

（わあ……）

扉の先は、まさに豪華絢爛《ごうかけんらん》という言葉がぴったりな場所だった。初めて謁見室に足を踏み入れたメアリーは、その美しさに惚れ惚れとした。

壁にも天井にも繊細な彫刻や絵が施され、柱は金箔で覆われている。天井からはキラキラとまばゆく輝くシャンデリアがふたつつり下がっていた。

そして、その豪華絢爛な部屋の奥――数段高くなった位置にはプレゼ国の国王と王妃がいた。

「イアン。突然、何事だ？」

国王は突然現れたイアンを、鷹揚《おうよう》に見下ろした。

「父上、母上。報告があります」

「報告？」

「はい。私は真実の愛を見つけました。マリーアンジュとの婚約は破棄して、ここにいるメアリーと婚約します。マリーアンジュも説得済みです」

国王はイアンの真意を問うように見つめる。

「それは、王位継承権を放棄するということか？」

「まさか！　ご冗談を。マリーアンジュとは話をして、彼女は納得して聖女の力を彼女に移してくれました」

イアンは得意げに両親にそう告げると、隣にいるメアリーを抱き寄せる。

「聖女の力を移す？」

「はい。マリーアンジュの聖女の力の全てです。つまり、メアリーが新聖女となったのです」

国王は絶句してイアンを見返す。

隣にいる王妃——シャーロットも驚いた様子だ。

「あなた達、それは本気で言っているの？」

シャーロットは眉を寄せる。

「本気です。マリーアンジュとの婚約は破棄し、メアリーと結婚します」

イアンは胸に手を当てて、はっきりとそう答えた。

「私も本気です。これから聖女として頑張ります！」

メアリーもイアンに同調するように、胸に手を当てて訴えた。国王とシャーロットはメアリーのことをちらりと見たが、すぐにイアンへと視線を戻す。

「イアン。なんでも、プレゼ王立学園の卒業記念パーティーでマリーアンジュに対し、一方的に婚約破棄を宣言したらしいな？」

国王がやや責めるような口調でイアンに問いかける。

（あら？）

メアリーはおやっと思った。

ここに来てから、イアンは卒業記念パーティーでの婚約破棄の一件について、国王夫妻には一言も話していない。

けれど、国王の様子を見ると、どうやら事の一部始終はすでに耳に入っているようだ。

（都合がいいわ）

メアリーはふたりの会話を横で聞きながら、内心でほくそ笑む。

卒業記念パーティーでマリーアンジュに婚約破棄を突きつけることを提案したのはメアリーだ。プレゼ王立学園は国内で最も格式が高い名門学園。当然、通っている生徒達は貴族や有力者の子供ばかり。

（いつもお高くとまっているあの女に恥をかかせるには、最高の舞台よね）

婚約破棄を多くの貴族令嬢、令息が見ている前で宣言したことにより、このことは彼らの親である当主達の知るところにもなっている。さらに、聖女の力もメアリーに移っていて今さら撤回することなどできないはずだ。

これらはマリーアンジュの醜聞として瞬く間に噂が広がり、次の求婚者もなかなか現れないだろう。

（いい気味）

メアリーは自らの素晴らしいアイデアが成功したことに満足し、恍惚《こうこつ》の気分に浸る。

「イアン。もう一度確認するけど、マリーアンジュは本当に全ての聖女の力をメアリーさんに？」

改めて確認してきたシャーロットは、いまだにこの事実が信じられないようだ。

「はい。マリーアンジュは聖女にふさわしくない故、メアリーに聖女の座を明け渡すように説得しました。最初は渋っておりましたが、最後は納得したようです」

「あなたが説得したの？」

シャーロットはイアンを見つめる。

「そうです」

「……それで、マリーアンジュはどうしたの？」

「あの悪女は私が懲らしめておきましたのでご安心ください」

「悪女？　悪女ってどういうことかしら？」

シャーロットは訝《いぶか》しげに眉を寄せた。

「あの女は救貧院に行った際、集まった民衆の一部に祝福を与えることを拒んだのです。それに――」

イアンは事前に調べ上げたマリーアンジュの悪行の数々をあげつらう。

「あなたはそれで、マリーアンジュが聖女にふさわしくないと判断したと？」

「その通りです」

話を聞き終えた国王夫妻はひどく困惑した様子で、お互いに無言で顔を見合わせた。

（きっと、あの女の正体がこんな腹黒だなんて信じられないのね。かわいそっ！）

メアリーは神妙な表情でイアンの話に聞き入りながらも、内心では笑いが止まらなかった。

「話はわかった」

国王は額に手を当て、イアンを見下ろす。

「王族たるものその行動や発言には責任を持て。我々の言動は、我々が思う以上の影響力がある。――これは私が常々、お前に教えてきたことだ」

国王はイアンに言い聞かせるように、ゆっくりと言葉を紡ぐ。

「はい。存じております」

「では、今回のこともしっかりと考えた上での行動ということだな？」

「もちろんです」

イアンは国王を見上げ、しっかりと頷いた。

「……ならば、その言葉に責任を持つことだな」

国王はそれだけ言うと、口を噤《つぐ》む。

隣に座るシャーロットはどこか悲しげな表情を見せ、イアンにこう言った。

「マリーアンジュのこと、本当に残念だわ。ねえ、イアン？」

（残念。つまりは、聖女として信頼していたマリーアンジュがこんな悪女だったなんて残念で

ならないと言いたいのね）
その瞬間、メアリーは己の勝ちを確固たるものにしたと内心でほくそ笑む。
（やったわ！）
メアリーは緩みそうになる口元を国王夫妻から隠すように、俯《うつむ》いた。

その日の夜から、メアリーはそのまま王宮にとどまることになった。

部屋はイアンがすぐに手配してくれて、明日の朝からは専属の侍女も付けてもらえるという。

「うふふっ！　意外と楽勝だったわ」

豪華な調度品で揃《そろ》えられた部屋に、メアリーの明るい声が響く。

ふかふかのベッドに倒れ込むと、右手を天井にかざす。そこにははっきりと花の形をした紋章が浮かび上がっていた。

この紋章は『聖紋』と呼ばれ、聖女が持つ印だ。

この国に聖女が現れるのは、数十年に一回だけ。これまで若い女性でこの印があるのは聖女であるマリーアンジュだけだった。しかし、今は自分にある。

つまり、聖女はメアリーなのだ。

「ちょっと美人だからって、いい気になっているからこういう目に遭うのよ。なんの努力もせずに王太子妃になれると思っていたんでしょうけど、ざまーみろ」

メアリーはふかふかのベッドに身を沈め、天井を仰ぎながら独りごちる。

脳裏によみがえるのは、マリーアンジュやイアンと出会うきっかけとなったプレゼ王立学園での出来事だった。


メアリーがプレゼ王立学園に入学したのは、十二歳のときだった。

『これが学校？　すごい、お城みたい……』

メアリーの実家であるリットン男爵家は石炭事業で成功した成金貴族で、爵位を金で買った平民上がりだ。まだ父が事業を成功させる前――幼少期を平民として過ごしてきたメアリーにとって、プレゼ王立学園はまるでおとぎ話の世界のようにキラキラと輝いて見えた。

壁の精緻な絵も、天井からぶら下がるシャンデリアも、金箔が貼られた柱も、その全てに目を奪われる。

そして、そのキラキラの最たるものが王太子であるイアンだった。

入学式の日、イアンは新入生代表として挨拶をしていた。

サラサラの茶色い髪をさらりと流し、瞳は海のような深い青。全てのパーツが黄金比に並んでおり、イアンはまさにメアリーの想像していた『王子様』そのものだった。

『あの人は誰なのかしら？』

壇上のイアンに目を奪われたメアリーは、隣にいる同級生に尋ねた。すると、同級生は驚いたように目を見開いた。

『え？　イアン殿下だよ。あなた、知らないの？』

『イアン殿下？』

その名前はメアリーも知っていた。ここプレゼ国の王太子の名だ。

でも、実際の姿を見たことはなかったので、わからなくても仕方がなかった。

『とても素敵な方ね。知り合いになれるかしら』

『無理じゃないかしら。だって、王太子殿下よ？　クラスだって、イアン殿下は特進クラスだけど私達は普通科クラスだし』

同級生は肩をすくめた。

彼女の言う通り、入学式はクラス別に列になっており、メアリーがいる場所は普通科クラス、挨拶を終えたイアンが戻っていったのは特進クラスだった。

『そっか……』

その場では素直に答えたメアリーだけれども、内心ではちっとも納得していなかった。

仲良くなりたい人に話しかけないなんて、どうかしている。

いつか絶対に彼と知り合いになりたい。

虎視眈々とその機会をうかがっていたメアリーのもとにチャンスがやってきたのは、入学してから二年半ほど経った頃だった。

課題のために立ち寄った学園の図書館で、イアンがうたた寝をしていたのだ。

『こんなところでうたた寝していると、風邪をひいてしまいますよ』

メアリーが軽く肩を叩《たた》くと、イアンはゆっくりと目を開ける。ハッとしたように顔を上げて、目を瞬いた。

『ああ、寝てしまっていたのか。悪かったね』

間の悪いところを人に見られてしまったとでも思ったのか、イアンは気まずげに頬をかいた。

『助かったよ。こんなところをダレンに見られたら、なんと言われるか――』

ダレンと聞いて、すぐにイアンの側近をしている生徒のことだとわかった。たしか彼は一学年下に在籍するヘイルズ公爵家の嫡男で、イアンと並ぶほど女子生徒から人気があった。

でも、メアリーは〝イアン王子推し〟だ。だって、彼は王子様なのだ。

『毎日お忙しくて大変なのですね』

メアリーは眉尻を下げて、同情するようにイアンを見つめた。

『まあね。時々うんざりする』

イアンは額に手を当てて、物憂げに髪をかき上げた。

『……よろしかったら、私がここで周りを見ていましょうか？　ダレン様がいらしたら起こして差し上げます』

『いや、それはいいよ』

イアンは驚いたような顔をして首を横に振った。

その手元を見ると、歴史学のノートが広げられていた。もうすぐテストなのでテスト勉強していたのだろう。

『そうですか。殿下は努力家でいらっしゃいますね』

あまりしつこく話しかけると、警戒されてしまう。話したいことはたくさんあったけれど、それ以上は控えることにした。

『それでは、私は失礼します』

くるりと体を回転させ、歩きだす。すると、背後からイアンの声がした。

『待って』

『はい？』

メアリーはきょとんとした表情で振り返り、小首をかしげた。

『起こしてくれて助かった。ありがとう』

イアンはそれだけ言うと、口を噤んだ。

『どういたしまして』

メアリーはイアンを見つめ、にこりと微笑んだ。

それがイアンとメアリーの初めての交流だった。

メアリーの父親は平民から一代で石炭事業を成功させた実業家だ。常日頃から、チャンスを掴《つか》んだら絶対に逃すなと教えられてきた。

だから、メアリーはこの教えを忠実に守った。

イアンが移動するのを見かければ大急ぎで先回りして廊下ですれ違い、笑顔で挨拶をした。

食堂で食事を取っているのを見かけたら、隣に座った。

図書館にいると知れば、本を選んでいるふりをして偶然を装いばったり出会うように仕向けた。

『なんだか、メアリーとはよく会うな』

イアンはそう言って屈託なく笑った。

――あまり無理しすぎないでくださいね。

――イアン様は十分頑張っています。

メアリーはイアンに会うたびに、彼を気遣い甘やかすような言葉をかけた。

きっと、イアンはそれを望んでいると彼の言葉の端々から感じたから。

そんな努力のかいあって、メアリーとイアンの距離は急速に縮まっていった。

その一方で、メアリーにとってマリーアンジュは目障りとしか言いようがない人間だった。

いつも澄ました顔をしてお高くとまっていて、出会った当初から気に入らなかった。人を空気のように無視しているくせに、ごく稀《まれ》に話しかけられたと思えば『図書館では声を小さくしてくださいませんか？』とか『廊下は走らないでくださいませ』とか、小言ばかり。

そんな中でも、メアリーが決定的にマリーアンジュを嫌いになったきっかけがある。


それは一年ほど前、メアリー達が最高学年になって少し経った頃だった。

学園の中庭にある芝生の木陰でイアンとお喋りをしていると、マリーアンジュが彼を呼びに来た。

マリーアンジュの背後には、イアンの側近のダレンもいる。

ダレンは成績優秀なようで、いつの間にか同じ学年になっていた。メアリーとは違う特進クラスなので、ほとんど交流することはないけれど。

『イアン殿下。そろそろ生徒会本部にいらしてくださいませ』

『もう？　マリーアンジュ達で進められないのか？』

マリーアンジュの言葉に、イアンは眉根を寄せた。

『進められるところは全て終わらせました。あとは殿下がいないと決まりません』

『そうか』

イアンは不機嫌そうにはあっと息を吐いて立ち上がった。そして、メアリーのほうを振り返った。

『メアリー。まだ話が終わっていなかったのに悪いな』

イアンは申し訳なさそうに眉尻を下げた。

『いえ、気にしないでください。頑張ってくださいね』

最高学年になったので、彼は色々と学園のことでも忙しいのだ。笑顔で見送ると、イアンは両口の端を上げた。

マリーアンジュとダレンはそのやりとりをじっと見つめていたが、特に何も言ってこなかった。

イアンが歩き始めると、ダレンもその横について歩き始めた。

（イアン様がいないならこんなところにいても仕方ないし、私も教室に帰ろうっと）

立ち上がってスカートをはたいていると、目の前に影が差した。

（ん？）

見上げた視線の先にいたのは、マリーアンジュだった。

『イアン殿下とずいぶんと仲がよろしいのね』

マリーアンジュは無表情で、メアリーを見つめていた。

『ええ、とてもよくしてくださっています』

メアリーはちょっとした優越感を覚え、にこりと微笑んだ。

『そう』

マリーアンジュは涼やかな瞳でメアリーを見つめてきた。

『王太子殿下であられるイアン殿下にあまり馴れ馴れしくすることは、あなたの評価を貶《おとし》める可能性があります。くれぐれも気をつけてくださいませ』

『え？』

言われた言葉が理解できず、呆気《あっけ》にとられてマリーアンジュを見返した。

『来年には本格的に社交デビューされるのですから、貴族の決まり事についてももう少し学ばれたほうがいいわ。わたくしが伝えたいことはそれだけです。ごきげんよう』

マリーアンジュはそう言うと、立ち尽くすメアリーを置いてその場をあとにした。

『何よ、あれ……』

メアリーはマリーアンジュの後ろ姿を見つめながら、ギリッと奥歯を噛《か》みしめた。

(王太子であるイアン様自身が気軽に接してくれていいと言っているのに！)

つまり、マリーアンジュはメアリーに『身のほどを弁《わきま》えろ』『貴族としての知識が抜けている』と言ったのだ。

(許せない)

メアリーが成り上がりの貴族令嬢なのに対して、マリーアンジュは生まれたときから侯爵令嬢で、ある日突然聖紋が出てきて王太子の婚約者となり、なんの苦労もなく王妃となる道が約束されている。

(私を見下しているってわけね。いい性格していること)

皆から聖女と崇められているけれど、その実情はどうだか。

あんなふうにメアリーを見下してくるあたり、性格が悪いとしか思えなかった。

そのとき以来、メアリーはマリーアンジュが大嫌いだ。

（静淑な女を装っているみたいだけど、絶対に化けの皮を剥《は》がしてやるわ）

その一心で、大嫌いなマリーアンジュに賛辞を送る信奉者ともメアリーは笑顔で接した。

本当は唾棄してやりたい気分だったけれど、マリーアンジュに憧れる生徒達の話も笑顔で聞いた。だって、あの分厚い化けの皮を剥がすためには、情報が必要だから。

マリーアンジュについてとある情報を仕入れたのはそんなある日のことだ。

『マリーアンジュ様がアビー様達と一緒にいらっしゃるわ。きっと、今日はマーガレットの会ね』

『マーガレットの会？』

聞き慣れない単語に、メアリーは横にいた友人に問い返した。

『マリーアンジュ様が定期的に開催されているお茶会よ。アビー様をはじめとするマリーアンジュ様と親しい方達が呼ばれているらしいの』

うっとりとした様子で、友人がマリーアンジュ達のほうを見つめた。

どうやら、マリーアンジュは親しくしている令嬢達を呼んで定期的にお茶会をしており、その会に呼ばれることは女子生徒達のちょっとした憧れになっているようだ。マリーアンジュの聖紋がマーガレットの花の形をしているのにちなんで、その会はいつしかそう呼ばれるようになったらしい。

（お茶会？　絶好のチャンスだわ）

いくら外では品行方正な態度を見せていても、親しい人達の前では本性が現れるはずだ。お茶会中はもちろん、その会に参加してマリーアンジュの友人達と親しくなれば、重要な情報を得られるかもしれない。

（なんとしてもそのお茶会に参加したいわ）

そう思ったメアリーはマリーアンジュに直接交渉をした。まどろっこしく招待を待っていては、学園生活が終わってしまうと思ったのだ。

『マリーアンジュ様。今度一緒にお茶会をしませんか？　その……、マリーアンジュ様に憧れていて……』

友人と廊下を歩いていたマリーアンジュに声をかけ、上目遣いにしおらしくおねだりをした。あなたに憧れていると言われて悪い気がする人間などいないはずだ。

さらに、マリーアンジュは皆から優しく親切だと評判だったので、彼女の友人の前でおねだりすれば、その要求は当然受け入れられると睨んだのだ。

——ところがだ。

マリーアンジュの返事は予想外のものだった。

『ごめんなさい。わたくし、忙しくてなかなか時間が取れなくて』

ならばと思い、もっとはっきりと言った。時々放課後に行っているお茶会に交ぜてほしいと。

『ちょっとそれはできないの。この会は特別なものだから』

またしても、そうはっきりと断られたのだ。

『そうなのですか？　じゃあ、その次の回は？』

『その次もちょっと……』

マリーアンジュは少し困ったように眉尻を下げる。けれど、『では次回お越しになって』とは、ついに言わなかった。

（私が男爵令嬢だからって、意地悪をしているのね）

噂話を聞く限り、そのお茶会に誘われているのは、王族に近しい由緒正しき名門貴族の令嬢ばかりのようだった。きっと、メアリーが平民上がりの男爵令嬢であると見下して仲間外れにしているのだ。

（許せない）

メアリーがギュッと拳を握りしめる。

（なんて性格の悪い女なの）

メアリーはその足で、すぐに先生のもとに向かってマリーアンジュに意地悪をされたと訴えた。

『ベイカーさんが？　何かの間違いでは？』

先生達は困惑した表情を見せるだけで一向に動いてはくれなかった。

その後も何度も訴えたのに全然取り合ってくれなかった。きっと、あの女が聖女で王太子殿下の婚約者だから贔屓《ひいき》されているに違いない。

（今に見ていなさいよ！）

メアリーは悔しさに、親指の爪を噛んだ。


（でも、そんな日ももう終わり）

メアリーはふっと笑みを漏らす。

だって、聖女はメアリーなのだから。そして、聖女は王太子に嫁ぐので、メアリーはゆくゆくこのプレゼ国で最も高貴なる女性――王妃になる。

メアリーは自分の右手の甲を見つめ、うっとりと左手の指でなぞる。

そこには、はっきりと花の紋章――聖女であることを表す〝聖紋〟が浮かび上がっていた。

「ふふっ、あははっ！　本当にいい気味」

笑いが抑えられない。あの女が泣いて謝罪するなら、聖女の雑用係くらいはやらせてやってもいいかもしれない。

「あの手紙をくれた人は本当にいい仕事してくれたわ」

それは、マリーアンジュにお茶会への参加を断られたあの事件から少し経ったある日のこと。

相変わらずイアンと親しくしていたメアリーが彼と一緒にお昼ご飯を食べてから教室に戻ると、机の上に見慣れない一通の封筒が置かれていた。

（何かしら、これ？）

表には【メアリー＝リットン様】と宛名が書かれているが、差出人の氏名はどこにもなかった。

メアリーは封を破り中から便箋を取り出すと、そこに綴《つづ》られている文字を追う。

（どういうこと？）

そこに書かれていたのは、予想だにしない内容だった。

メアリー＝リットン様

突然のお手紙で失礼します。

ですが、最近あなたとイアン王子が親しくしていることを知り、いても立ってもいられずお手紙を差し上げた無礼をお許しください。これをお伝えせずにはいられなかったのです。

この国の決まりでは国王となる者は聖女を娶ることと決められています。つまり、イアン王子の婚約者はマリーアンジュ＝ベイカー侯爵令嬢であり、これを覆すことはできません。聖女となった者は自動的に将来の王妃の座が約束されるのです。

しかし、聖女の力とはその全てを他人に移すことも可能なことをご存じでしょうか？

マリーアンジュ＝ベイカー侯爵令嬢は自らが唯一の聖女であると自負し、当然の如く王太子妃の座に就こうとしていますが、それは間違いです。なぜなら、王太子妃の座は聖女に付随するものであり、個人に紐《ひも》づくものではないからです。

ここに書いたことは紛れもない事実です。

あなたの未来が幸多きものであるよう陰ながら応援しています。

あなたの応援者より

（……何よ、これ？）

メアリーは一度では理解することが追いつかず、二度三度と文面を読み返す。

――聖女の力は他の者に移せる。

要するに、手紙にはそう書かれていた。

（いたずらかしら？）

一度聖紋が現れた聖女が他の者に変わる。そんな話、聞いたことがない。

（でも、もしこれが本当だったら……）

いつも澄ました顔をしたあのいけ好かない女にぎゃふんと言わせることができる。

（真偽ぐらいは確かめる価値があるかもしれないわ）

時計を見ると、お昼休みはまだ五分ほど残っている。メアリーはその手紙を握りしめたまま、すぐにイアンの教室へと向かった。


そこから先は、あれよあれよと面白いように話が転がっていった。

メアリーから話を聞いたイアンは、すぐにその真偽について側近のダレンに調べさせた。そしてダレンの調査結果は【聖女の力は他人に移すことができる】とのことだった。

イアン自身、真面目で堅物なマリーアンジュに嫌気が差していたのだろう。常日頃よりメアリーからマリーアンジュの悪行について聞かされていたことも相まって、彼はすぐにマリーアンジュから聖女の力を他の者に移すことを独断で決めた。

その結果が今日の卒業記念パーティーの出来事に繋《つな》がったのだ。

「きっと、私以外にもマリーアンジュ様のことを嫌いな人がいて、こっそり教えてくれたのね」

世の中には親切な人もいるものだ。

名乗り出てくれればしかるべきお礼はするし、なんなら取り巻きにしてあげてもいいのに。

「ま、いっか」

捜さなくても、本人がいずれ名乗り出るだろう。

そんなことより――。

「うふふっ。私が王太子妃になるのね」

メアリーははしゃいだような声を上げる。

そしてゆくゆくは王妃、つまりこの国で最も尊い立場の女性になるのだ。皆が自分にかしずき、望むものはなんでも叶うに違いない。

(今日は最高の日だわ)

なんて素敵な卒業記念だろう。嬉《うれ》しすぎて、笑いが止まらない。

◇◇◇

卒業記念パーティーの翌日、マリーアンジュは朝日の眩《まぶ》しさに目を覚ました。

「いけない！　今何時？」

いつもよりも明らかに明るい室内に驚き、慌てて飛び起きる。

ふと目に入った右手の甲が真っ白なことに気づき、すぐに昨日のことを思い出した。

（そっか。もう早起きする必要はないのね？）

マリーアンジュはほっと胸を撫《な》で下ろす。

「ああ、寝坊じゃなくてよかった」

ゆっくりと部屋の中を見回すと、カーテンの隙間から太陽の光が差し込んで一本の白い筋を壁に描いていた。

マリーアンジュは大きく腕を上に伸ばして伸びをする。

「んー、ゆっくりした」

（こんなにゆっくりと眠ったのは、いつ以来かしら？）

壁際の置き時計に目を向けると、いつもより二時間ほど遅い。たくさん寝たお陰か昨日の疲れもすっかりと取れて、とても爽快な気分だ。

聖女の最も大切な役目は、光の精に働きかけて空気を浄化することだ。

そのため、マリーアンジュは毎日のように早朝に起きては、学園に行く前に大聖堂に立ち寄り、国に幸せをもたらすために祈りを捧げてきた。

プレゼ国の国土は広大だ。もうひとりの聖女である王妃とふたりがかりでも、毎日祈り続けないと浄化が間に合わないのだ。

マリーアンジュはベッドから抜け出すと、窓を開け放つ。

「わあ、とてもいい天気ね」

外からは朝の爽やかな風が吹き込んできて、どこからか小鳥のさえずりが聞こえてくる。視線を下に向けると、こんな朝早くから庭師が枝を切っているのが見えた。

「今日は何をしようかしら？」

昨日までは毎日、聖女として、そして将来の王太子妃として、マリーアンジュのスケジュールはいつも隙間がないほどびっしりと詰まっていた。何も予定がない日なんてなかったので、何をすればいいのかと戸惑ってしまう。

ぼんやりと外を眺めていると、トントントンとノックの音がした。「どうぞ」と言うと、かちゃりとドアが開く。開いたドアから侍女のエレンが入ってきた。

「おはようございます、マリー様。ずいぶんとゆっくり過ごされましたね」

「ええ、ずいぶん寝坊したわ」

「ふふっ。マリー様はずっと全力疾走されていましたから、こんな日もいいのではないでしょうか」

エレンは表情を柔らかくして微笑む。

「そろそろ皆様の食事の準備が整います。久しぶりに、旦那様や奥様とご一緒されてはいかがでしょう？」

「ええ、そうね。そうしたいわ」

マリーアンジュはエレンの提案に目を輝かせる。

聖女としての祈りを捧げる必要があったため、これまでマリーアンジュは日が昇る前に起きてひとりぼっちで食事を取っていた。

「家族と朝食を取るのなんて、いつ以来かしら？」

マリーアンジュは身支度を手伝ってもらいながら、鏡越しにエレンに話しかける。

「本当に久しぶりなのではないかと。二年ぶり……いえ、三年ぶりかもしれません。マリー様が無理をしすぎて、王妃様に休むように指示されたときが最後ですわ」

「そうだったわ。それ以来、友人達に仕事の一部をお願いするようになったのよね」

マリーアンジュの脳裏には、昨日の卒業記念パーティーで自分のことを気にかけて庇おうとした、アビーをはじめとする友人達の顔がよみがえる。それに、ずっとマリーアンジュによくしてくれていた王妃――シャーロットのことも。

（アビー達にきちんと今回の件をご説明して、謝らないと。お茶会でも開催しようかしら。王妃様には、どうご説明すれば――）

シャーロットに対して、申し訳ないという気持ちが湧き起こる。

しかし、マリーアンジュにはどうすることもできないので、自分のできることをするだけだと気持ちを切り替えた。

（気落ちしていても仕方がないものね）

マリーアンジュはこの機会にやってみたいことを考えることにした。

ずっと気になっていた評判の歌劇を見に行ってみたいし、学園でみんながよく話題にしていたスイーツも食べに行ってみたい。

(時間はたっぷりあるのだもの。どうせなら全部経験してみたいわ)

マリーアンジュはそんなことを考え、口元を綻ばせたのだった。


着替えを終えたマリーアンジュは家族のダイニングルームへと向かう。

部屋に着くと、そこにはすでに両親と弟のクレイグがいた。クレイグはマリーアンジュの六つ年下で、今年度からプレゼ王立学園に通い始めたばかりだ。

「お待たせしました、お父様、お母様、クレイグ」

のんびりとしすぎたかもしれない。

マリーアンジュは慌てて席に座ろうとする。すると「ゆっくりしなさい」と父に優しく声をかけられた。

「姉様と朝ご飯を食べるのは久しぶりだね」

席に座ると、クレイグがにこにこしながら話しかけてくる。

「ええ、そうね。わたくしもクレイグと一緒に食べられて、とっても嬉しいわ」

微笑み返すと、クレイグが嬉しそうにはにかむ。今までは忙しすぎて、この可愛い弟ともあまり時間を取れなかった。食事を取るだけの些細《ささい》なことなのだけれど、この瞬間がとても嬉しい。

　全員が揃うと、ダイニングルームに次々と朝食が運び込まれる。マリーアンジュの父であるベイカー侯爵はあまり贅沢《ぜいたく》を好まない人なので、メニューはパンにスープ、それに卵料理など、シンプルな物だ。

　いつもと変わらないメニューなのに、家族と食べると不思議ととても美味《おい》しく感じる。会話がとても楽しくて、いつもなら二十分で食べ終えるところを一時間近くかけてしまった。

「先ほど、ダレン殿から手紙が届いたよ」

　ようやく食事も終えた頃、食後の紅茶を楽しんでいたベイカー侯爵がタイミングを見計らったようにマリーアンジュに告げる。

「ダレン様から？」

「ああ。昨日の件がどう進んだのかを報告に来ると」

「そうですか」

　そういえば昨晩、あとで連絡すると言っていた気がする。

「昼前には来るそうだから、お前もそのつもりで準備するように」

「昼前？」

　マリーアンジュはダイニングルームの置き時計を見る。

「え⁉　大変、すぐに準備しないとだわっ！」

今着ているドレスは普段着用だ。お客様をお出迎えするなら、もう少しきちんとしたドレスのほうがいいだろう。それに、お化粧だってほとんどしていない。

マリーアンジュが大急ぎで私室に戻ると、エレンは部屋に飾るお花の手入れをしていた。

「エレン。もうすぐダレン様がいらっしゃるみたいなの。準備を手伝ってくれる？」

「え？　もちろんです」

エレンは持っていた水差しをサイドテーブルに置いて作業を止めると、すぐにマリーアンジュの準備を手伝う。

ダレンがベイカー侯爵家にやって来たのは、マリーアンジュが準備を終えた直後だった。

「あっ、いらしたわ」

ぎりぎり準備が間に合ってよかった。

黒塗りに金の装飾が施された豪華な馬車が門をくぐるのが部屋の窓から見えて、マリーアンジュは出迎えのために慌ててエントランスホールに向かった。

馬車から降りてきたダレンは、玄関の前に立つマリーアンジュに気づくと形のよい口元に弧を描いた。

「やあ、マリー」

「ごきげんよう、ダレン様。ようこそいらっしゃいました」

「うん。昨日はよく眠れた？」

「驚いたことに、ぐっすりです。危うく、ベッドの上でダレン様をお出迎えするところでした」

「それはとても魅力的なお出迎えだね。その姿が見られなくて残念だ」

ダレンは器用に片眉を上げる。

「まあ、ふふっ」

もし同じ言葉をイアンに言ったのならば、きちんと起きられないなんて気が緩んでいると叱責されただろう。ダレンのこういうところは、マリーアンジュにとって居心地がいい。

「冗談だと思っているだろ？」

「え？」

マリーアンジュはダレンのほうを見上げる。

「いや、なんでもない。よく眠れたようで安心したよ」

「ありがとうございます」

マリーアンジュは表情を綻ばせる。「本気なのだがな」というダレンの小さなつぶやきはマリーアンジュの耳まで届くことなく、溶けて消えた。

「わたくし、自分の神経の図太さにちょっとびっくりしましたわ。それに、お父様もお母様も平然としていらして」

マリーアンジュは昨晩から今朝にかけてのことを思い出し、肩をすくめてみせる。

婚約者である王太子から悪行をあげつらわれた上に、衆人環視の中で婚約破棄をされ、挙げ句の果てに聖女の地位を奪われる。

普通の神経の持ち主であれば激しく動揺して落ち込むだろう。ひょっとすると、泣き叫ぶかもしれない。

それに、自分の娘がもしその当事者となったら、親はショックのあまり寝込んでしまいそうなものだ。なのに、ベイカー侯爵家の人間といったら全員が全員、平然としているのだ。

「ははっ。それは何よりだ」

ダレンはマリーアンジュの話を聞き、肩を揺らして笑う。

「きみのそういう肝が据わっているところが、王妃にふさわしいと思う」

「そうでしょうか」

マリーアンジュはちょうど庭で見頃を迎えていたバラを見つめる。肝心の、次期国王であるイアンには『可愛げがない』と思われていたようだが。

「そうだとも」

横を見上げるとダレンと視線が絡み合い、その青い目が優しく細められる。たったそれだけのことだけれど、マリーアンジュの気持ちはずいぶんと軽くなった。

屋敷の応接室へと案内したマリーアンジュは、ダレンにソファーを勧めた。

マリーアンジュが両親と共にダレンの正面に座ると、ダレンは昨晩あのあとに王宮で起こったことを一通り教えてくれた。

「そうですか。イアン殿下はマリーと婚約破棄したことと、メアリー殿とご婚約することを国王陛下と王妃様に宣言されたと」

ベイカー侯爵は表情を変えずに話に聞き入る。

「ええ、その通りです。それと、聖女の仕事についてもメアリーが『自分が責任を持って全うします』と国王夫妻の前で宣言しました」

ダレンは謁見室で声高々に宣言したメアリーの様子を、身振り手振りを交えながら説明する。

「それはまた、大きく出られたものだ」

ベイカー侯爵は薄らと笑みを浮かべる。

「ただ、それはこちらにとって非常に都合がいい」

「ええ、その通りです。彼女はマリーからこの仕事を押しつけられたのではなく、自分から望んでその地位に収まったと公然と宣言したのですから」

ダレンもベイカー侯爵につられるように微笑む。

「昨日の卒業記念パーティーでのことも漏らすことなくしっかりと記録し、事実と相違ないことを証言する参加者の署名も取ってあります。マリーはイアンから命じられて、メアリーに聖女の力を移した」

これが意味するところは、もし今後聖女絡みで何か問題が起ころうとも、王太子からの命令に従って聖女の力をメアリーに移しただけのマリーアンジュは、なんら罪に問われないということだ。

「相変わらず手堅いですな。ダレン殿」

「お褒めにあずかり光栄です」

どこか楽しげな笑いを含むベイカー侯爵の褒め言葉に、ダレンはにこりと微笑む。

マリーアンジュはふたりの会話にじっと耳を傾けた。

ベイカー侯爵は以前から、マリーアンジュを冷遇するイアンとは対照的に、うまく立ち回ってさりげなくマリーアンジュを助けてくれるダレンのことを高く評価している。

（メアリー様か）

マリーアンジュはふたりの会話を聞きながら、昨日のことを改めて思い返す。

プレゼ王立学園に在学中、マリーアンジュがメアリーと直接絡むことはほとんどなかった。ただ、イアンとよく一緒にいる姿を見かけたので、その存在は認識していた。

メアリーは、元々は平民だったけれど石炭事業で成功して貴族になった、リットン男爵家の令嬢だ。貴族の礼儀作法を無視した彼女の言動は、マリーアンジュからするとあぶなっかしくてたまらなかった。

周りに人がいようとすぐに大きな声を出すし、大口を開けて笑うし、廊下を平気で走ろうとする。

そして、最も目立つ行動はイアンに対する態度だった。

貴族社会では、爵位による階級は非常に重要視される。高位の貴族に対して礼を失する行動をすることは、周囲から爪はじきにされることに繋がりかねない。

これから貴族社会で生きていくであろう彼女を心配したマリーアンジュは見かねて何度か注意をしたのだが、とうとう改善されることはなかった。

（でも、もう終わったことね）

元々礼儀作法がなっておらず周囲から眉をひそめられるような言動を繰り返していた上に、今回の騒動。メアリーがこの先貴族社会で生きていくことは難しいだろう。

マリーアンジュは苦々しい気持ちに蓋《ふた》をする。

「ダレン様。何から何まで、本当にありがとうございます。どうお礼を申し上げればいいのか」

マリーアンジュは深々と頭を下げ、改めてダレンにお礼を言った。本当に、ダレンには世話になりっぱなしだ。

イアンに唯一褒められる点があるとするならば、それはダレンを側近にしていたことだと思う。

「いや、気にすることはない。イアン殿下は最近、色々と行動がすぎるところがあった。今回ばかりは俺も庇いきれない。少しお灸《きゅう》を据えなければ」

「まあ、ふふっ」

あまりの言いように、マリーアンジュはくすくすと笑う。ダレンはイアンの一番近い立場でありながら、彼に対して結構辛辣だ。

きっと、これまで色々と苦労をかけられてきたから腹に据えかねることも多いのだろう。

「これで、殿下が変わってくださるといいのですが……」

マリーアンジュはぽつりとつぶやく。

イアンは王太子だ。ゆくゆくは、彼はこの国の王になる。彼が国王になって本当にこの国の未来は大丈夫なのだろうかと、不安が込み上げる。

そんなマリーアンジュの不安を断ち切るように、「さて」とベイカー侯爵が声を上げた。

「ダレン殿。本日はご足労本当にありがとうございました。お話が終わったことですし、娘とふたりでお茶でもしてゆっくりされていってください」

ベイカー侯爵と目を合わせたダレンはおもむろに足を組み直すと、口元に微笑みを浮かべた。

「いいですね。ぜひそうさせていただきます」


婚約者同士でもない年頃の男女が人目のない場所でふたりきりになることは、一般的にはしたないこととされる。

マリーアンジュは少し考え、ダレンをベイカー侯爵家の庭園にあるガゼボに誘った。そこであれば周囲が開放されており誰からも見えるので、やましいことはないと胸を張って言えるからだ。

「今日は本当にいい天気ですね」

ガゼボの椅子に座ったマリーアンジュは空を見上げて目を細める。真っ青な空にはところどころに白い雲が浮かんでおり、右から左へとゆっくりと流れていた。

エレンがお湯とティーセットを持ってきてくれたので、マリーアンジュはそれで紅茶を淹《い》れてダレンへと差し出す。

「どうぞ」

「ありがとう」

ダレンは差し出されたティーカップを手に取ると、それをじっと見つめる。

「きみが俺のために紅茶を淹れてくれるのは、初めてだね」

「え？」

そうだっただろうか？

言われて改めて思い返すと、確かにそうだったかもしれない。

マリーアンジュはイアンの婚約者であり、ダレンはイアンの側近という立場。

マリーアンジュが淹れた紅茶をダレンが飲む機会はこれまでもあったはずだが、それはイアンのためについでだった。

「美味しい」

「……どういたしまして」

ふわっとした笑顔を見せられ、マリーアンジュは一瞬言葉を詰まらせる。

ダレンは懐に手を入れると一通の封筒を取り出した。

「これは？」

マリーアンジュは自分のほうに差し出された封筒をまじまじと見つめる。

真っ白な上質紙の表側には【マリーアンジュ＝ベイカー様へ】と書かれているので自分宛の手紙ということはわかったが、誰からなのかがわからない。

「これは、王妃様からだよ」

「王妃様……」

プレゼ国には現役の聖女がふたりいる。ひとりは王妃であるシャーロット、もうひとりはマリーアンジュ——今はメアリーだが——だ。

そのため、これまで、聖女の仕事はシャーロットとマリーアンジュのふたりで分担して行ってきた。正確に言うと、それ以外にも時々力を分け与えて手伝ってもらう補佐が何人かいるのだが、正式に『聖女』として活動しているのはこのふたりだ。

（王妃様には申し訳ないことをしてしまったわ）

聖紋が現れた八歳の頃、マリーアンジュは自動的に王太子であるイアンの婚約者となり、毎日のようにシャーロットのもとへと通い始めた。聖女として、将来の王妃としての仕事を教えてもらうためだ。

そして、十五歳になってからはシャーロットと仕事を分担して行ってきた。

マリーアンジュはシャーロットのことを本当の母のように慕っていたし、シャーロットもマリーアンジュをとても可愛がってくれていたと思う。

申し訳なさから気持ちが重くなるのを感じつつ、封を切る。封入されていたカードを取り出してみると、そこに書かれていたのは短い文章だった。

マリーアンジュへ

卒業おめでとう。
今まで頑張ってきたご褒美だと思って、しばらく休みなさい。
今度改めてお祝いさせてね。

シャーロット＝プレゼ

マリーアンジュは目をぱちくりとさせる。

続きがあるのかと思い封筒の中を見たが、入っていたのはそのカード一枚だけだった。

「なんて書いてあったんだ？」

マリーアンジュの反応を不思議に思ったようで、ダレンがカードの文面を見ようと身を乗り出す。そして、その文章を読んで苦笑した。

「王妃様らしいね」

「本当に」

マリーアンジュもくすくすと笑う。

この何事にも動じない強さが、彼女を聖女たらしめている秘訣《ひけつ》だと感じる。

（わたくしも見習わないと）

マリーアンジュは封筒を手に持ち、手紙の主であるシャーロットに感謝する。

「マリー。少し出かけないか？」

「出かける？」

マリーアンジュはきょとんとしてダレンを見つめ返した。

「ああ。きみはずっと働きっぱなし、勉強しっぱなしだっただろう？　息抜きだ。昔、色々と話してくれたじゃないか。本当は友達と町に行って買い物をしたり、人気の歌劇や演奏会を見に行ったりしたいのだと」

（昔？）

ダレンは話しやすいから、ついそんなことを漏らしたこともあるかもしれない。

この十年、マリーアンジュは毎日が全力疾走だった。

よき聖女であるため、そしてよき王太子妃になるために、その人生の全てを費やしてきたのだ。

自分の仕事をこなすだけでも精いっぱいなのに、イアンからは頻繁に彼がやるべきこと——例えば一緒に行くはずの郊外への視察や、ちょっとした資料の確認作業を押しつけられたりもした。

こんなにこなせないと訴えると『聖女なんだからそれくらいやって当たり前だ』『聖女なのにそんなこともできないのか』と責められた。

そんなときにイアンの役目や仕事を肩代わりして処理してくれるのはダレンだったので、どんなことでも話しやすかったのだ。

「イアン殿下によるとマリーはもう彼の婚約者ではないのだから、俺と出かけてもいいだろう？　一緒に息抜きしよう」

（息抜き？）

ダレンは朗らかに微笑むと、マリーアンジュに手を差し出す。

戸惑っていると、ダレンがさらに言葉を重ねる。

「ベイカー侯爵には俺から話すよ。それに、王妃様も許可してくださっているし」

「そうだったわ」

ダレンの心遣いに、なんだか胸がむず痒《がゆ》くなる。

人並みの娯楽というものを、マリーアンジュはこれまでの人生でほとんど経験していない。ダレンはそれを、今からでも楽しもうと言ってくれている。

「ありがとう」

マリーアンジュはにこりと微笑み、そこに手を重ねた。

◇◇◇

マリーアンジュを馬車に乗せると、ダレンはベイカー侯爵に挨拶をするためにひとりで屋敷へと向かった。

「おや、ダレン殿。もうお帰りかな？」

リビングでくつろいでいたベイカー侯爵は、意外そうな顔をして新聞から顔を上げる。ダレンはマリーアンジュとお茶をするために、今さっき庭に行ったばかりだったからだ。

「実は、マリーを連れて町に出ようかと。ベイカー侯爵のお許しをいただきに参りました」

ダレンはベイカー侯爵のすぐ近くまで歩み寄ると、片手を胸に当てる。

「マリーを連れて町に？」

その提案は意外だったようで、ベイカー侯爵はわずかに瞠目《どうもく》する。

「はい。マリーはこれまでずっと聖女として過ごしていて、自由な時間がありませんでした。慰問で町に出た際などに、同じ年頃の貴族令嬢を見かけてじっと車窓から見つめていることがありました。きっと、羨《うらや》ましいのだろうなと。せっかく時間があるので、彼女の願いを叶えてあげたいと思います」

「……そうですか、そんなことが。マリーアンジュがダレン殿に連れていってほしいと？」

「いいえ。私からの提案です」

ダレンが首を横に振ると、ベイカー侯爵はふっと表情を緩める。

「そうですか」

ベイカー侯爵は新聞を畳んで目の前のローテーブルの上に置くと、ダレンを見上げた。

「あなたが娘の近くにいてくれて、本当によかった。いつも娘を気遣ってくださり、感謝しています」

「礼には及びません、ベイカー侯爵。これは私が望んでやっていることです」

ダレンは小さく首を振る。

「そう言っていただけると救われます。ぜひとも、今後も娘を支えてやっていただきたい」

「もちろん、そのつもりです」

ダレンはしっかりと頷く。頼まれなくとも、そのつもりだ。

ベイカー侯爵はダレンの言葉を聞き安堵《あんど》したように顔を綻ばせる。しかし、すぐに笑みを消して真面目な表情になった。

「……ダレン殿は、リットン男爵令嬢がどれくらいもつと思いますか？」

ダレンはベイカー侯爵を見返した。どれくらいもつ、とは、どれくらい聖女でいられると思うかと聞いているのだろう。

これはあくまでも私の考えですが、と前置きしてダレンは話し始める。

「マリーアンジュの足下にも及ばないとはいえ、リットン男爵令嬢はとても神聖力が多いです。一、二カ月程度は大きな問題もなく代理聖女としてもつのではないかと。ただ、そこから先は厳しいでしょうね」

「一、二カ月程度。では、それが娘がゆっくり羽を伸ばせる期限ということか……」

ベイカー侯爵は口元に手を当ててつぶやく。

「あれはマリーがまだ九歳か十歳くらいの頃だったかな。マリーを連れて王宮に向かう際、私が同行したことがありました。あの日は城下で祭りが開催されていた」

「祭り？」

ダレンはなんの脈絡もなしに突然始まったベイカー侯爵の昔話にやや唐突感を覚えながらも、話に聞き入る。

「人が多くて、馬車がなかなか進まなくてね。そのとき、マリーが車窓から屋台を見て、あの子にしては珍しく『わたくしもあれが食べてみたい』と駄々をこねた」

「マリーが駄々を？」

ダレンは意外に思い、聞き返す。

ダレンの記憶にある限り、マリーアンジュが駄々をこねるところなど、ただの一度も見たことがない。よっぽどそれが食べたかったのだろうと思った。

「たしか、飴《あめ》がかかった丸ごとりんごの屋台だったと記憶しています。だが、私はそれに対して『駄目だ』と答えた。祭りで道が混んでいたので、ただでさえ約束の時間に遅刻しそうなのに、少しでも道草を食っては完全に遅れてしまう。王妃様をお待たせするのはもっての外だったからです。それに、飴のかかった丸ごとりんごなど、着ているドレスが汚れる可能性がある」

ベイカー侯爵はそこで、言葉を詰まらせる。

「思い返せば、あの子が泣いて我《わ》が儘《まま》を言ったのはあれが最後だ。……ずいぶんと長いこと、我慢ばかりを強いてしまった」

そして、ダレンを見つめ口元を緩める。

「娘をお願いします」

ダレンも口の端を上げた。

「ええ。屋敷に送り届けるまで、大切にお預かりします」

◇◇◇

ダレンの馬車に乗り込んだマリーアンジュは、なかなか戻ってこない馬車の主を心配して屋敷のほうを見る。

ダレンは出発前にベイカー侯爵のところに外出の許可を取りに行くと言って、屋敷に向かった。すぐに戻ってくると思っていたのに、すでに十分以上経っている。

（どうしたのかしら？）

ようやく屋敷の玄関が開きダレンが歩いてくるのが見えたのは、それからさらに五分ほど経った頃だった。

「ずいぶんと時間がかかりましたね。父は外出に反対しましたか？」

どうしてこんなに時間がかかったのかと不思議に思い、マリーアンジュはダレンに尋ねる。

「いや、許可はすぐに下りたよ。別件で話し込んでいたんだ」

「別件？」

マリーアンジュは首をかしげる。

ダレンはイアンの側近として、様々な公務に深く関わっている。きっと、仕事のことだろうと思った。

「もうその話は終わったの？」

「ああ。心配いらない」

ダレンは一言そう言うと、馬車に乗り込んでマリーアンジュの斜め前に座る。

「馬車を出してくれ」

ダレンの声を受けて御者が馬を操る。馬車は城下へと軽快に走りだした。

「どこへ行くの？」

車窓から見える景色を眺めながら、マリーアンジュはダレンに尋ねる。

「急に決めたからノープランなんだ。でも、たまにはこんな日もいいだろ？」

「ノープラン？」

マリーアンジュは驚いて聞き返す。

「ああ。馬車を降りたら、歩きながら行き先を決めよう」

ダレンはマリーアンジュを見つめ、口の端を上げる。

（行き先を決めずに……）

聖女として過ごしてきたマリーアンジュにとって、時間は何よりも大切な財産のひとつだった。いつも忙しかったので、予定を決めずに動くことなんてあり得なかった。

「とっても贅沢なお出かけね」

なんだかわくわくしてくる。

「そうだろう？」

目を輝かせるマリーアンジュを見つめ、ダレンは優しげに目を細めた。

かごを片手に買い物をする女性、追いかけっこをする子供達、大きな荷物を抱えた男性に会話を楽しむ令嬢達――。

馬車を降りると、大通りにはたくさんの人が溢《あふ》れていた。

孤児院の慰問など以外に出かけることがあまりないマリーアンジュは、物珍しさからきょろきょろと辺りを見回す。

「危ないよ」

ぐいっと肩を抱かれて、引き寄せられる。今さっきマリーアンジュが立っていたぎりぎりの場所を、ロバに引かれた花売りの荷車が通り過ぎてゆく。

「ごめんなさい」

「いいよ。気をつけて」

すぐ頭上から声がして視線を上げると、いつにない距離にダレンの顔があってドキッとする。ダンスをするときと同じ距離感なのに、なぜかそわそわしてしまい彼から一歩距離を取った。

ダレンはそんなマリーアンジュの動揺に気づく様子もなく、笑顔でマリーアンジュの腰に手を添えた。

「行こうか。入りたいお店があったら、言って」

「ええ、わかっ……あっ！」

マリーアンジュは肝心なことに気づく。

「どうしたの？」

ダレンが不思議そうにマリーアンジュを見る。

「わたくし、お金を持っていなかったわ……」

マリーアンジュは余暇を楽しむためにお出かけなどすることがないから、お金を持ち歩く習慣もない。今日はベイカー侯爵家の贔屓にしている店に行くわけではないから、ツケ払いも難しいだろう。

（せっかく来たのに……）

しゅんとしていると、くくっとダレンが笑う。

「なんだ、そんなこと。俺が持っているから大丈夫だよ。さあ、行こう」

自然に右手が握られ、手を引かれた。

「ねえ、ダレン様。あのお店は何かしら？」

「あれは、金物屋かな。鍋とか、釘とか、金属製品を扱う」

「ふうん。ここは八百屋ね？　お野菜がたくさん」

マリーアンジュはたくさんの野菜を並べている店を指す。

「そうだね。先日、今年度の農作物の状況報告を読んだけれど、今年はカボチャが特に豊作のようだよ。値段は昨年と横ばいかな」

ダレンは八百屋の軒先に並ぶ様々な野菜の値段を見て、そう解説した。

「お兄さん、今はこのりんごが食べ頃だよ。どうだい？」

視線が自分の店に向いているのに気づいた八百屋の店主が、人当たりのよい笑みを向けてくる。ダレンはマリーアンジュのほうを見る。

「りんご、好きだろ？」

「ええ、好きだわ」

マリーアンジュは頷く。そのまま食べるのも好きだし、ジャムやアップルパイにして食べるもの大好きだ。

「じゃあもらおうか」

ダレンはポケットから銅貨を取り出すと、それを店主へと渡す。

「今年の収穫はどんな感じだ？」

「そりゃあ、どれも豊作に決まっているだろう。聖女様のお陰だな」

店主は陽気に笑い、丸ごとのりんごを差し出す。ダレンはそれを「ありがとう」と言って受け取った。

「みんな、きみに感謝しているよ」

「そう言っていただけて、気持ちが救われます」

「ほらっ」

ダレンがりんごをマリーアンジュの口元に持ってくる。

「え？」

「口を開けて」

「このまま食べるの？」

マリーアンジュは目を丸くする。

マリーアンジュにとって、生のりんごはカットして皿に盛りつけた物をピックで刺していただくものだ。

「あいにく、皿もナイフもない。そのまま食べても美味しいよ」

「で、でも」

さすがにそれははしたないのではないかと思い、躊躇《ちゅうちょ》する。すると、マリーアンジュの代わりにダレンがそれを一口かじった。

「うん、美味しい」

もぐもぐと咀嚼《そしゃく》しながら、ダレンがりんごの感想を言う。

（え！　本当にかじるの？）

びっくりしてまじまじと見てしまったが、よくよく見ると周囲にもりんごをかじっている人がいることに気づく。

「食べる？」

「ええ」

今度はマリーアンジュもおずおずと頷く。

「ほら」

差し出された、ダレンの食べかけのりんごを反対側から恐る恐るかじる。シャキシャキとした食感と共に、じゅわりと甘酸っぱさが口の中に広がった。

「どう？」

「美味しいわ」

マリーアンジュが言うと、ダレンはにこっと笑った。

「そう、よかった。初体験だね」

「初体験？」

「りんご丸かじり初体験」

思わずぷっと噴き出してしまった。

「ダレン様はよくかじるのですか？」

「いや。初めてだ」

真顔で答えるダレンを見て、限界だと思った。マリーアンジュは耐えきれず、くすくすと肩を揺らして笑う。

「ごめんなさい。大笑いして」

マリーアンジュは目尻に浮かんだ笑い涙を指先で拭う。

「いや、いいよ」

ダレンはにこりと笑う。

「マリーの気分転換なんだから。楽しそうでよかった」

「あ……」

マリーアンジュはりんごをもう一口かじるダレンの横顔を見つめる。

（わたくしの気分転換になるようにって、慣れないりんご丸かじりをしたのかしら？）

なぜりんご丸かじりを選んだのかはよくわからないが、ダレンの心遣いを感じて胸が温かくなる。

その後もマリーアンジュ達はぶらぶらと歩いては気になる店があると立ち止まり、気ままに見てはまた歩くということを繰り返した。

その最中、マリーアンジュは一枚のポスターを見て足を止める。

「もうすぐ、お祭りがあるんだな」

マリーアンジュの視線の先を追ったダレンが、ポスターを見てつぶやいた。

そこには、来月の半ばに城下でお祭りがあるというお知らせが載っていた。カボチャやお芋などのイラストと共に、手を取り合って楽しげに踊る子供達が描かれている。

秋は収穫の季節なので、毎年、五穀豊穣を祝うお祭りがあるのだ。

「来月半ばか。一緒に行こうか」

ダレンはマリーアンジュの顔を覗き込んでくる。

「ダレン様はお忙しいのでは？」

「時間を作るから大丈夫。貴重な息抜き期間なんだから、行きたいところは全部行くべきだ」

「ふふっ。ありがとうございます」

城下に出ることすらあまりなかったので、正直言うとひとりで行くのは不安がある。ダレンが一緒に行ってくれるのはとても心強かった。

（お祭りって行ったことがないわ。楽しみ）

マリーアンジュは表情を綻ばせる。

「楽しみだな」

「ダレン様も楽しみですか？」

「もちろん」

握られた手にきゅっと力が込められる。

「お祭りで、一緒に屋台のりんごを食べよう」

「お祭りでも、りんごを？　ダレン様はずいぶんとりんごがお好きなのですね」

マリーアンジュはくすくすと笑う。

ダレンと目が合うとにこりと微笑みかけられた。

マリーアンジュの胸がドキンと跳ねる。なんだか胸がむず痒い。

ダレンは懐から懐中時計を取り出し、時間を確認した。

「もう少し時間があるから、このあとはカフェに行ってみようか」

「カフェ？」

「マリーが前に、一度行ってみたいと言っていただろう？」

「欲張りな一日ですね」

「たまにはいいだろう」

ダレンはふっと表情を柔らかくして、マリーアンジュの手を引く。マリーアンジュは半歩前を歩くダレンの後ろ姿をうかがい見る。

（ダレン様の言う通りね）

気分が軽くなり、羽が生えたような気分だ。

彼が言う通り、たまにはこんな日も悪くないと思った。

◇ ベイカー侯爵の怒り

『なんということだ』

今から十年前、マリーアンジュに聖紋が現れたと確信したとき、ベイカー侯爵の口から漏れ出た言葉はそれだった。

この国には数十年置きに聖女が現れる。聖女の印である聖紋は不思議と次期国王と年の近い女児に現れ、聖女となった女児は次期国王の妃になることになっていた。

(マリーが聖女?)

聖女には聖女にしかできない役目がたくさんある。

未来の王妃となることが約束されている一方で、その生活には制約も多いのだ。

大事な娘がひとりの貴族令嬢として普通の幸せを掴むことを願うのは、親として至極真っ当なことだ。その〝普通の幸せ〟をマリーアンジュは望めなくなると悟り、心中は複雑だった。

だが、聖紋が出たという事実は変えようがない。

ならば、せめてもの親心として、この子が聖女として生きていくことを可能な限りサポートしてやろうと、ベイカー侯爵は思った。

マリーアンジュは素直で真っすぐ、真面目な娘だ。

王妃であるシャーロットのもとに通い始めて、聖女としての心構えや役割を教えられると、『自分は立派な聖女にならなければならない』と弱音ひとつ吐かずに頑張っていた。

シャーロットからは会うたびに『マリーはとても頑張っているわ』『本当に素晴らしいの』とお褒めの言葉をいただき、親としても誇らしかった。その一方で、娘が頑張りすぎていつか壊れてしまわないかと心配でならなかった。

——娘と将来の伴侶であるイアン殿下には、支え合って生きていただきたい。

それは、贅沢な願いだったのだろうか。

プレゼ王立学園は国で一番の名門学園であり、有力貴族や王族は皆、自身の子供をそこに通わせている。ベイカー侯爵自身もプレゼ王立学園の出身で、マリーアンジュがプレゼ王立学園に入学したときは本当に嬉しかったのを覚えている。

そこプレゼ王立学園の卒業記念パーティーでのイアンが行った暴挙を知ったとき、ベイカー侯爵の目の前は怒りで赤くなった。

『娘が悪女だと？　イアン殿下がそう言ったのか？』

それは祝福すべき卒業記念パーティー当日の夜だった。

ベイカー侯爵のもとにもたらされたのは、マリーアンジュが衆人環視の中で一方的に罵倒された上、婚約破棄されたという知らせ。

にわかには信じられず、ダレンから出された早馬の使者を問いつめた。

『確かに罵倒しているのを私も聞きました。ホールの外にまで怒鳴り声が聞こえてきましたので』

ベイカー侯爵のあまりの剣幕に恐れをなしたのか、使者の若い男は青い顔でこくこくと頷いた。

ほどなくして渦中の人であるマリーアンジュが馬車で帰宅した。

『申し訳ありません』

唇を噛んで気丈な態度で謝罪するマリーアンジュを見たとき、親であるベイカー侯爵のほうが悔しさで涙を流しそうになった。

（彼らには、それ相応の報いを受けてもらおう）

ベイカー侯爵家は侯爵家の中でも序列一位の名門だ。懇意にしている貴族も多いし、政界への影響力もある。

『殿下を唆《そそのか》したのは、リットン男爵令嬢だったな』

ベイカー侯爵は人知れずつぶやいた。

◇　◇　◇

「ベイカー侯爵。リットン男爵家の運営会社の取引先情報について、まとまりました」

　部下が分厚いリスト表を持って現れたのは、件の婚約破棄騒動から二週間後のことだ。リットン男爵家が経営する石炭事業に関する会社の取引先について、代表者から会社の沿革、事業規模、取り引き価格に関することまで事細かに調べ上げた。さらに、石炭鉱山の利権に関する情報も。

「この主要取引先の上から順に、ベイカー侯爵家との取り引きを持ちかけろ。あと、石炭鉱山の利権取り引きの価格を内々に調査するように」

「かしこまりました」

　部下は慇懃《いんぎん》な態度で腰を折ると、部屋を出ていく。

　ベイカー侯爵はその後ろ姿を見送ってから、手元のリストにもう一度視線を落とした。

「ベイカー侯爵家に喧嘩《けんか》を売ったことを、心の底から後悔させてやろう」

　気づいたときにはあとの祭り、彼らは何もかも失っているだろう。

　これは、そのほんの始まりにすぎない。

◆第二章　新聖女誕生

ふわふわのベッドで心地よい微睡《まどろ》みに身を沈めていると、トントントンとドアをノックする音がする。無視していると、カチャッとノブを回す音がした。

「メアリー様。そろそろ起きてくださいませ」

シャッとカーテンを引く音がして、閉じたまぶた越しにも部屋が明るくなったことを感じた。侍女が起こしに来たのだ。

「あっちに行って」

王宮で暮らし始めて一週間。メアリーは忙しい毎日を過ごしている。

昨晩も深夜まで起きていたのだ。もう少し眠りたい。

「そうは言われましても……。朝の祈りの時間ですわ。起きてくださいませ」

困ったような声でもう一度呼びかけられる。肩に手をかけられ、メアリーは咄嗟《とっさ》にその手を激しく振り払った。

「きゃっ！」

パシンと肌を叩く大きな音がした。ベッドサイドにいた、メアリーとさほど変わらぬ年頃の侍女がその手を引っ込める。

「無礼者！　誰が私に触ることを許したと？」

「も、申し訳ございません……」

真っ青になった侍女が頭を下げる。

「出ていって！」

侍女は泣きそうな顔をすると、パタパタと部屋から走り去った。

邪魔者がいなくなったところで、メアリーは再び布団に潜り込む。しかし、さほど時間が経たず再びドアが開く音がした。

「メアリー様。起きる時間でございます」

女性にしては低めの声に、メアリーは内心で舌打ちする。厄介な人が来た。

「んー。もう少し」

メアリーはかたくなに目を開けず、布団で顔を隠す。しかし、その布団は一瞬にして、呆気なく取り払われてしまった。

「何するのよ！」

メアリーはキッとベッドサイドにいる侍女を睨み上げる。白髪交じりの髪の毛をひとつにまとめた年配の侍女は、この王宮の侍女長だ。

睨まれた侍女長はメアリーのすごみを全く意に介さず、涼しい顔をしている。

「王妃様からのご命令です。すぐに起きて朝の祈りを」

「わかったわよっ！　もうっ、うるさいわね」

メアリーが乱暴に枕を投げつけると、それは勢いよく侍女長の左腕に当たる。侍女長は特に悲鳴を上げることもなく、無言でその枕を拾い上げると後ろに控える先ほど来た若い侍女へと手渡した。

「あなた、侍女長に告げ口したの？」

メアリーが若い侍女に視線を移し低い声で問いただすと、彼女はびくりと肩を揺らす。

「告げ口ではありません。業務報告です」

侍女長は部下の侍女を庇うように一歩前に出ると、きっぱりとそう言う。

その澄ました様子が余計にしゃくに障ったが、メアリーが見る限り、この侍女長は王宮内でそれなりの発言力があるようなので口を噤む。

しぶしぶながら、化粧台の前に座った。

（まあ、それも今だけだけどね）

だって、自分は聖女であり、将来の王太子妃なのだ。ここにいる人間は全員臣下になるのだから。

「では、あなたはメアリー様のお支度の手伝いを」

「はい」

メアリーがしっかりと起きたことを見届けた侍女長は部下の侍女にあとを任せ、部屋を出ていく。

侍女がメアリーの髪の毛を櫛《くし》で整える。丁寧に髪の毛を編み込み、美しく結い上げた。

メアリーは鏡に映る自分を見つめる。

「全然駄目。やり直して」

「え？」

侍女が困惑の声を上げる。

「聞こえないの？　やり直してって言ったの」

「申し訳ございません」

侍女は慌てたように結い上げたばかりの髪の毛をとき、丁寧に櫛で梳《す》き直した。香油を塗り込むと、再度最初から編み直してゆく。

「できました」

「そう」

メアリーは再び鏡の中の自分を見つめる。髪を確認するように、顔を左右に傾けてはじっと見る。見る限り、おかしいところは何もない。

「駄目。やり直して」

「え？　でも……」

「でも、じゃないわよ。あんた、髪を結い上げることすら満足にできないの？　よくそれで王宮の侍女が務まるわね」

「も、申し訳ございません」

メアリーのきつい言い方に侍女はさっと顔色を青くして、再び髪の毛をといてゆく。それが三回ほど繰り返されたとき、外からコツコツと足音が近づいてくるのが聞こえた。

（そろそろ頃合いね）

メアリーは口の端を上げる。

「きゃああ！　痛い、やめてっ！」

腹に力を入れて、渾身《こんしん》の叫び声を上げる。すると、足音のスピードが速まり、バシンと勢いよくドアが開いた。

「メアリー、どうした⁉」

部屋に飛び込んできたのは、メアリーの予想通りの人物――イアンだった。メアリーに駆け寄ると、その体を支えるように肩を抱く。

「イアン様、助けてっ！　この人が髪を――」

メアリーはイアンの胸に縋りつくと、涙ながらに訴える。

「なんだと。貴様、メアリーに何をしたっ！」

イアンはその場にいた侍女を睨みつける。

「そんな、わたくしは何も……」

侍女は青くなり、小刻みに震えながら顔を左右に振る。

「わざとおかしな結い方をして私を辱めようとして、やり直してくれとお願いしたら髪の毛を思いきり引っ張られたんです」

「なんてひどいことを。お前はクビだ！　以後王宮に出入りすることは許さない！」

「そんなっ！　今クビにされては実家への仕送りが――」

「黙れ！　聖女であり未来の王太子妃であるメアリーにこんな嫌がらせをしておきながら、なんという厚かましさだ」

イアンは乱暴に腕を振り、縋りつこうとする侍女を払いのける。侍女はその勢いで後ろに倒れ、尻餅をついて床に転がった。

「出ていけ。今すぐだ」

有無を言わせない口調に、ぼろぼろと涙を流していた侍女は小刻みに震えながら走り去る。

「紹介状も書かないからな」

イアンの冷たい声が追い打ちをかけるように被《かぶ》せられた。

メアリーはその後ろ姿を見ながら、人知れず口元に笑みを浮かべる。

(たかだか侍女の分際で侍女長に言いつけたりしてしゃしゃり出るから、こういうことになるのよ。いい気味)

「イアン様、ありがとうございます」

メアリーは口元の笑みを消すと、涙に濡れる目でイアンを見上げる。

「いや、俺が来るのが遅れたせいですまなかった。すぐに新しい侍女を手配するように、侍女長に伝えよう」

「ありがとうございます」

メアリーは目を伏せると、イアンの胸元に顔を寄せる。

「礼には及ばない」

イアンはメアリーの背中を優しく撫でる。

「たしか今日は聖女になって初めて、城下に慰問に行く日だったな？」

「はい。私、頑張ります」

メアリーは健気な様子を装い、こくりと頷く。

何もかもがうまくいきすぎていて、笑いだしそうなるのを耐えるのが大変だ。


その一時間後、メアリーは馬車に揺られていた。

恵まれた立場にある王侯貴族にとって、孤児院や福祉施設などでの慈善活動は果たすべき義務のひとつとされているが、聖女にとってもそれは例外ではない。

特別な力を持つ存在であり将来の王妃でもある聖女が慰問することで、多くの人々は自分達に国が目を向けてくれていると感じ、救いを得るのだ。

「到着いたしました」

乗っていた馬車が止まり、扉が開けられる。扉を開けたのはイアンの側近のダレンだ。

「メアリー、行こうか」

「はい」

一緒に馬車に乗っていたイアンがメアリーの手を取る。メアリーはしっかりと頷くと、馬車から降りた。

目の前に建つのは、古びた聖堂だった。壁の一部にひびが入り、屋根の一部は苔《こけ》むしている。

「ようこそいらっしゃいました」

建物の前に立っていた教会の司教が、イアンに向かって深々とお辞儀をする。そして、馬車から降りてきたのがメアリーだけだと気づき、おやっという顔をした。

「本日は、聖女様は？」

「聖女は彼女――メアリーに代わった」

イアンははっきりと司教に告げる。

「さようでございますか。ここ一週間ほど体調を崩されているとお聞きしました。心配ですね」

司教は沈痛な面持ちでそう告げると、メアリーのほうを向く。

「メアリー様、よろしくお願いいたします」

司教は特段驚く様子もなく、メアリーに向かって和やかにお辞儀をする。その態度を見て、メアリーはおやっと思った。

「……驚かないのね」

「マリーアンジュ様はこれまでも時々、聖女の力を他の者に託して、その者が代理を務めることがありましたので」

同行しているダレンが説明する。

「これまでも？」

そんな話は初耳だ。メアリーは眉を寄せる。

「なんだと？　聞いていないぞ？」

イアンもそれは同じだったようで、ぴたりと立ち止まりダレンを見やる。

「聖女の役目も果たさずに他人に押しつけて遊びほうけていたとは。とんでもない奴だ」

イアンはあからさまに顔をしかめる。

「……え？」

司教は困惑の表情でイアンを見てから、ちらりとダレンのほうを見た。

ダレンはわずかに首を振り、何も言うなと伝える。

「私はそんなことせずに頑張りますから」

メアリーはそんな司教の戸惑いの表情に気づくことなく、両手で胸の前に拳を作って見せた。

「ああ。メアリーは優しいな。それでこそ聖女にふさわしい女性だ」

イアンが愛しげにメアリーを抱き寄せた。

司教に案内された聖堂には、併設される救貧院からたくさんの人達が来ていた。その多くは、幼くして両親を亡くした子供達や、なんらかの事情で食うにも困っている人だ。

「皆さん、聖女様がいらっしゃいましたよ」

司教が呼びかけると、人々が一斉にメアリーのほうを見る。

「「聖女様⁉」」

人々がわーっと集まり、メアリーに縋りつこうとする。

「祝福の聖女様。何卒私に祝福を」

「私にも」

突然触れられそうになり、メアリーは声にならない声で「ひっ！」っと悲鳴を上げる。

「下がれ！　聖女に触れるな！」

イアンの怒声で、周囲に集まってきた人々は一斉に手を引く。その顔には、一様に恐怖の色が浮かんでいた。

「皆さん、聖女様が五穀豊穣の祈りを捧げてくださいます。一歩下がりましょう」

慌てた司教の呼びかけでその場にいる人々は落ち着きを取り戻し、元の場所に戻る。メアリーは司教とイアンに促されて祭壇の前に立つと、祈りを捧げた。

『力を託されし聖女よ、願いを叶えましょう』

メアリーの脳内に不思議な声が響いた。

その場にいる全員がメアリーに注目する。メアリーの祈りと同時に、祭壇には、キラキラとした粒子が降り注いできらめいた。

初めて見る光景に、人々は驚いて祭壇を見上げる。

「聖女様の祈りだわ！」

背後から、感極まったような女性の声がした。

「綺麗《きれい》！」

祭壇を指さし興奮する子供の声も。

「聖女様、ありがとうございます」

「ありがとうございます」

まるで神を崇めるかのように、その場にいる人々が自分にひれ伏してゆく。そのさまを見て、メアリーは一種の快感を覚えた。

(何これ。すごい優越感)

他人から敬われ、崇められることがこんなにも気持ちいいなんて。愉悦感で癖になりそうだ。

「聖女様、ありがとうございました」

近くに控えていた司教が深々とお辞儀をするのに対し、メアリーは鷹揚に頷いた。

「メアリー様。このあと一時間ほど、聖堂に来ている一般市民及び併設する救貧院の人々と交流することもできます。いかがなさいますか？」

斜め後ろから、ダレンがメアリーに告げる。

「マリーアンジュ様はいつもどうしていたの？」

「交流しておりました」

メアリーはちらりと、集まっている人々を見る。全員が全員、期待と羨望に満ちた目でメアリーを見つめている。

「やるわ」

「かしこまりました」

ダレンは頷き、司教にその旨を告げる。司教はにこにこしながら、メアリーを用意した席に導いた。

人々の長い列ができる。その先頭で向き合うのはメアリーだ。

「あなたに祝福を」

メアリーは向かい合う女性の額に手をかざす。

祝福のやり方など知らないので、昔マリーアンジュがやっていた祈りの見よう見まねだ。

「聖女様、ありがとうございます」

たったその一言だけで、向き合う人々は喜びにむせび泣いた。

予定されていた一時間はあっという間に終わる。けれど、聖女であるメアリーと少しでもいいから対面したいという人々の列は途切れる気配がない。

「メアリー様、そろそろお時間です」

ダレンがメアリーに耳打ちする。

「列がまだ続いているわ」

「時間だと言えば諦《あきら》めるでしょう」

メアリーは少し考えてから、声を張って答える。

「私のために長時間待ってくださった方々を見捨てることなどできません。この列が終わるまでは、ここに残りましょう」

「あの……、本当に大丈夫でしょうか？　もちろん、我々にとってはありがたいことですが」

ダレンの横から、司教が心配するようにメアリーに声をかけた。

「もちろん、大丈夫です」

メアリーは頷く。

今日はこのあと、イアンの妃になるための妃教育があるだけだ。時間はどうとでもなるだろう。

その場にいる人々は「さすが聖女様、お優しい」「女神様のようだ」と口々にメアリーを称えた。

（なんて素敵なのかしら）

多くの民にかしずかれた、慈悲深い新聖女の輝かしいデビュー。

まさに自分にふさわしい、最高の舞台だ。

結局、人々との交流は三時間にも及んだ。予定を大幅に超過したメアリーは、イアンに促されて馬車へと進む。

そのとき、メアリーは足下にふらつきを感じ、額に手を当てた。

（何？　めまい？）

これまでにめまいなど起こしたことがなかったのに。

「メアリー、どうした？」

「少し疲れてしまったようで、めまいが」

「それは大変だ」

イアンは眉根を寄せると、すぐにメアリーを馬車へと誘導する。

「ダレン。メアリーが疲れを訴えている。すぐに戻ろう」

「かしこまりました」

ダレンは頷き、その場にいる護衛の騎士達にテキパキと指示をする。

「聖女様、ありがとうございました」

「聖女様！」

「聖女様、このご恩は――」

メアリーが歩く間も、ひっきりなしに人々が声をかけてくる。

「聖女様、これを……」

話しかける小さな声がしてメアリーが目を向けると、小汚い子供がおずおずと一輪の花を差し出していた。救貧院にいる子供が庭で育てた花を摘んできたのだ。

「まあ、綺麗ね」

メアリーはにこっと微笑むと、その子から花を受け取る。そして、その花を片手に彼らに対して手を振った。それだけで、周囲には大きな歓声が起きた。

（初回にしては、上々ね）

きっと、明日には彼らが〝慈悲深い聖女様〟について知り合いという知り合いに話して新聖女の噂はあっという間に広がってゆくだろう。そして、元々の聖女であったマリーアンジュのことなど次第に忘れてゆく。

（人の心を掴むのなんて、簡単なものね）

馬車に乗り込んだメアリーはイアンの胸に体を預けつつ、口の端を上げた。

メアリーは予定時刻をだいぶ過ぎた、午後二時過ぎに王宮に帰り着いた。

部屋に戻ると、侍女が「ずいぶんと遅くなられましたね」と言って出迎えてくれた。

メアリーはチラッとその侍女の顔を見る。今朝怒鳴りつけた侍女とは別人だ。

「疲れたからお茶を淹れて」

「すぐに」

侍女は丁寧にお辞儀をすると、すぐにお茶を用意し始めた。

「お茶が入りました」

メアリーの目の前のテーブルに、紅茶が置かれた。王室で使用される茶葉はどれも高級品で、カップを近くに持ってくるだけで芳醇《ほうじゅん》な香りで辺りを包み込む。

「こちらのお花は、生けますか？」

荷物を片付けていた侍女が、メアリーが持ち帰った花に気づいて尋ねてきた。

「捨てていいわ」

「かしこまりました」

侍女は花を処分するために、それを持ち去ってゆく。

その後ろ姿を見つめながら、メアリーは紅茶を一口飲む。

仕事終わりの体に染み入り、格別に美味しく感じた。

◇　◇　◇

一方のダレンは、メアリー達に同行したあとも休む間もなくその足で執務室へと向かった。

着ていたジャケットを椅子にかけると、早速椅子に座って今日のイアンとメアリーの外出記録をつけ始める。

行き先は王都郊外の聖堂と、そこに併設された救貧院。

全部で馬車一台と護衛の近衛騎士が八名で、それに側近としてダレン。

捧げた祈りは五穀豊穣の祈り。

先方の対応者は聖堂の司教。名前は――。

そこで、今日会った司教の困惑顔が脳裏に浮かび、ペンを持つ手を止める。

『聖女の役目も果たさずに他人に押しつけて遊びほうけていたとは。とんでもない奴だ』

イアンがそう吐き捨てたとき、司教は明らかに困惑していた。

今日の祈りは五穀豊穣の祈りだった。

マリーアンジュは神聖力の使いすぎで最も重要な浄化の力に影響が出ないように、浄化以外の力を使うときは友人に聖女の力を託して代理聖女を依頼することが多かった。

司教はそれを知っていたので、イアンの言葉に何を言っているのかと困惑したのだろう。

「毎回、王妃様の許可はきちんと取られていましたけどね」

ダレンはやるせなさを感じ、吐き捨てる。

知らないはずがない。本来同行すべきところを同行せずにマリーアンジュに任せきりにして、報告書も読まずに放置していただけだ。

イアンにとっては、何気ない一言だったのかもしれない。

けれど、イアンがこれまでどれだけマリーアンジュに対して、そして聖女の役目に関して無関心でいたかを周囲に悟らせるには十分な一言だ。

現にあのとき、目が合った司教は明らかに何かを言いたげだった。その司教に対し、ダレンは『何も言うな』という意図を込めて首を振ってみせたのだ。

ダレンはさらに報告を書き進める。

本来の規定時間を二時間も超過して祝福を与え続けた結果、メアリーは一時的に軽い神聖力の欠乏状態になっていた。

『私のために長時間待ってくださった方々を見捨てることなどできません。この列が終わるまでは、ここに残りましょう』

そう言ったときのメアリーの恍惚とした表情は、完全に『慈悲深い聖女』という自分に酔っているように見えた。

その結果が、あの神聖力の欠乏だ。

あまりの愚かさに、呆《あき》れ返ってしまう。

もしあの場にいたのがマリーアンジュならば、規定の一時間で切り上げていた。

そしていつも帰りの馬車の中で落ち込むのだ。

——できることなら、全員に祝福を与えてあげたかったと。

マリーアンジュがどんな思いで祝福を願う人々に断りを入れていたかを考えると、胸が痛む。

ダレンの知るマリーアンジュは悪女とはかけ離れた、優しく責任感の強い女性だ。

だが、イアンはそのマリーアンジュの行動を聞きつけて『祝福を拒んだ』と悪女の証拠のようにあげつらった。

(想像するより、メアリーの聖女の終わりは早いかもしれないな)

この調子で神聖力を消費し続ければ、あっという間に彼女のそれは枯渇するだろう。消費量に対して回復量が追いつかないはずだ。

かと言って、それを親切に教える義理もない。

ダレンはあくまでもマリーアンジュの味方であり、彼女に害をなす存在に情けをかけるつもりはないのだから。


書類を書き終えたダレンは、それを持って立ち上がる。聖女に関することはシャーロットが管轄しているので、彼女のところに報告に行くのだ。

目的の部屋の前に到着してドアをノックすると、すぐに返事があった。ダレンはドアを開ける。

「ダレン、どうしたの?」

シャーロットはその顔に穏やかな笑みを浮かべる。

「本日、イアン殿下とメアリー様の聖堂訪問に同行しましたので、その報告書を」

「ああ、そうね。今日だったわ。……でも、どうしてダレンがこれを？」

シャーロットは書類を受け取ると、怪訝《けげん》な顔でダレンを見上げる。本来、この書類を作るのは聖女であるメアリーの役目だからだ。

「初めてのことでお疲れの様子でしたので」

ダレンは肩をすくめてみせる。

「……そう。それで、彼女は今どこに？　今朝は礼拝にいらっしゃらなかったみたいなの。それに、妃教育もちっとも進まないとシュガー夫人が嘆いていたわ。今日もいらっしゃらなかったとか」

シュガー夫人とは、妃教育の講師をしている女性のことだ。

「今はお部屋でお休みかと。イアン殿下がそうするようにと伝えておりましたので」

「そう、イアンが……」

シャーロットは額に手を当てる。

「ありがとう、ダレン。あとのことはイアンと話すわ。呼んできてくれる？」

「かしこまりました」

一礼すると、ダレンはシャーロットの部屋をあとにした。

◇　◇　◇

「母上が俺を呼んでいるだと？」

イアンはダレンの言葉を聞き、眉根を寄せた。

ちょうど出かけようとしたタイミングでダレンが訪問してきて、シャーロットがイアンを呼んでいるというのだ。

「これからメアリーのところに行くつもりなのだが」

「そのメアリー様のことで話があるそうです。すぐに来るようにとのことでした」

「……わかった」

すぐに来いというならば、何か至急の用件なのかもしれない。

メアリーと一緒に午後のお茶でも一緒に楽しもうかと思っていたが、イアンは先にシャーロットのもとへ向かうことにした。

そして訪問したシャーロットの執務室の端で、イアンは不満げに眉を寄せる。

「母上、お言葉ですが――」

「お黙りなさい。そもそも、彼女を連れてきたのはあなたです」

「彼女ではなく、メアリーです」

「そう。そのメアリーさんがつい一週間前にきちんと役目を果たすと胸に手を当てて宣言したのを見たと思っていたけれど、わたくしの幻覚だったのかしら？」

イアンは自身の母であり、王妃であり、メアリー以外の唯一の聖女であるシャーロットの辛辣な言葉に眉根を寄せる。

「きちんと果たしています。今日は城下の聖堂で祈りを捧げ、多くの民に祝福を与えました。初めてのことで疲れてしまったのです」

「では、メアリーさんが今朝の礼拝にいらっしゃらなかったのはなぜかしら？　聖堂に行く前のことだけど」

「とんでもない侍女に意地悪をされていたのです。その侍女は私がクビを申しつけておきました」

イアンは胸を張って言う。

今朝、メアリーに泣きながら縋りつかれたときは本当に驚いた。彼女は自分が守らなければという正義感のようなものが湧き起こる。

「意地悪、ねえ」

シャーロットはつまらなそうに手に持っていた扇の柄を眺める。

「ローザは元々わたくしに仕えてくれていた侍女なのだけれど、とてもそんなことするとは思えないけれど」

「おおかた、平民上がりで男爵家出身の聖女が気に入らなくて、嫌がらせをしていたのでしょう。人は見かけによらないものです」

「その通りね。人は見かけによらないものよ」

シャーロットはイアンの言葉に頷く。

「それで、その嫌がらせをされている現場を、あなた自身が見たの？」

シャーロットはイアンをじっと見つめる。

心の奥底を見透かすようなその眼差《まなざ》しに、イアンは居心地の悪さを感じた。

実を言うと、メアリーからは様々な嫌がらせの訴えを聞いているが、イアン自身がその現場を目撃したことはただの一度もなかった。今日も『きっと私が平民上がりだから気に入らないんです』と訴えて、さめざめ泣いていたメアリーの言葉をそのまま鵜《う》呑《の》みにしたにすぎない。

「まあ、いいわ」

答えに詰まるイアンをじっと見つめていたシャーロットは、扇をパシンと閉じると目を逸らした。

「本日、今からでもメアリーさんには礼拝を行っていただくわ」

「今からですか？　メアリーは初めての慰問を行い、とても疲れています」

「この礼拝は国土を浄化するためのものよ。浄化が正しく行われないとどうなるか、あなたも知っているでしょう？　疲れているは理由になりませんん」

シャーロットはぴしゃりとイアンを叱りつける。

「それに、あなたと本気で結婚する気があるのなら、王族に嫁ぐにふさわしい教育も受けていただかないと。休んでいる暇などなくてよ？」

「……よく伝えておきます」

「そうしてちょうだい」

シャーロットは悩みが深いとでも言いたげに眉間に指を当てる。

「それでは、失礼します」

イアンは部屋を出ようと部屋のドアノブに手を伸ばす。そのとき、背後から「イアン」と再びシャーロットから呼び止められた。

「先ほどあなたも言ったけれど、人は見かけによらないものよ。あなたは王族なの。相手をよく見極める目を持ちなさい。その目がない者に、国王は務まりませんし
「よくわかっています」

「……そう」

シャーロットは、なぜか悲しげな眼差しを自分に向けてきた。

「下がっていいわ」

「はい」

シャーロットは『これ以上は言うことがない』と言いたげに片手をひらひらと振る。イアン

は一礼すると、シャーロットの部屋を出た。

（相手を見極める目？　それがあるから、マリーアンジュとの婚約を破棄したんだ）

口うるさくて可愛げのない上に性格まで悪い女。その悪女と婚約破棄し、愛する女性を婚約者として迎えた。

自分の周囲から懸念事項を排除して、これ以上にない幸福な状況のはずだ。

それなのに――。

（母上は何を言いたがっていたんだ？）

最後に見たシャーロットの表情が、どうにも引っかかった。

シャーロットは『先見の聖女』。もしかして、自分に関して何かが見えているのだろうか。

（見えているとしたら、輝かしい未来だけだ）

イアンは首を振って歩き始めた。

◇◇◇

「メアリー様が？」

ベイカー侯爵家を訪ねてきたダレンのために紅茶を淹れていたマリーアンジュは、ダレンの話に興味を覚えて顔を上げる。

メアリーが昨日初めて城下に慰問に訪れ、そこで神聖力を使いすぎて体調を崩したというのだ。

「何人くらいに祝福を？」

「正確には数えていないが……百人近くいたんじゃないかな」

「百人。それは無茶だわ」

マリーアンジュは驚いた。

マリーアンジュですら百人に祝福を与えたら疲れを感じるだろう。それなのに、本当の聖女でもないメアリーがそれをしたら体調を崩すのは当たり前だ。

「それで、メアリー様は？」

「昨日からずっと休んでいる。浄化の祈りをやらないものだから王妃様がご立腹されて、怒られたイアン殿下はずっと不機嫌だ」

「それは困りましたね」

マリーアンジュは肩をすくめてみせる。

イアンに対して同情する気持ちは全くないが、心配なのは――。

「ダレン様に八つ当たりをしていなければいいのですが」

「俺の心配をしてくれるのか？」

ダレンは器用に片眉を上げ、マリーアンジュを見る。

「もちろんです」

マリーアンジュは真顔で頷く。

今回の件で一番嫌な役回りを強いられているのは、誰がどう考えてもダレンだ。

彼の主君であるイアンが乱心して公衆の面前で騒ぎを起こしたあげく、聖女を交代させるなどと実現不可能なことを言い出したのだから。

「マリーに心配してもらえるなら、この苦労も悪くないな」

「ダレン様ったら！」

マリーアンジュはくすくすと笑う。

この陽気な態度はマリーアンジュを心配させないためだろう。ダレンのこういう気配りができるところには、助けられてばかりだ。

「まあ、大変なことも多いけど大丈夫だから。せっかくだから、マリーはゆっくり休むといい」

「はい」

マリーアンジュは頷く。

「今回の件は、イアン殿下が聖女について知るきっかけにはなったんじゃないかな」

「だといいのですが」

マリーアンジュは息をつく。

ダレンによると、イアンはマリーアンジュが時々代理聖女を立てていたことすら知らなかったようだ。きちんとシャーロットに許可を得ているし、報告書にも書いてあるのに。

イアンがこのまま国王になって大丈夫なのだろうかと、不安になる。

(今回の件で、変わってくださるといいのだけど)

代理聖女は本当の聖女にはなれない。いずれメアリーの神聖力は尽き、聖紋は失われる。それを命じたイアンもそれ相応の責任を取らされるだろう。

(イアン様とダレン様の生まれた順番が逆だったらよかったのにね)

マリーアンジュは紅茶をすするダレンの横顔を見つめる。

ダレン＝ヘイルズはヘイルズ公爵家の嫡男であり王太子の側近とされているが、元々は全く別の人生を送るべき人間だった。

ダレンの元々の名はダレン＝プレゼ。このプレゼ国の第二王子だ。

現王妃であるシャーロットの実家であるヘイルズ公爵家には、シャーロット以外に子供がいなかった。そのため、ダレンが跡継ぎとして養子に出されたのだ。

この事実は多くの貴族が知っており、マリーアンジュの父であるベイカー侯爵もイアンとダレンの生まれた順番を嘆くひとりだ。

だが、現実を嘆いても仕方がない。

イアンが第一子として生まれてきた事実は変えようがなく、プレゼ国では国王の長男が王太子となると決められているのだから。

「どうかした？」

マリーアンジュの視線に気づいたダレンが、不思議そうにこちらを見る。

「いえ、なんでもありません。じっと見てしまい申し訳ありません」

「いいよ。マリーにならﾞ、何時間でも見てもらって」

「ふふっ」

マリーアンジュはまたくすくすと笑う。

この人が味方でいてくれて本当によかったと思った。

◇　イアン王子の回想

プレゼ国の第一王子であるイアン＝プレゼは、現プレゼ国王と聖女である王妃――シャーロットとの間に生を受けた。原則として最初に生まれた男児が王位を継ぐプレゼ国において、イアンは生まれた瞬間より将来の国王となることが約束された存在だった。

そして、約束されていたことがもうひとつ――。

『イアン。あなたの将来の伴侶が見つかったわ。とっても可愛いお嬢さんよ』

イアンが母であるシャーロットにそう告げられたのは、まだ八歳のときだった。

『マリー。いらっしゃい』

シャーロットはとても上機嫌な様子で、物陰に向かって声をかけた。

その声に合わせて柱の陰からひょこりと顔を覗かせたのは、自分と同じぐらいの年頃の女の子だった。

艶やかな金髪をハーフアップにして、イアンを見つめる瞳は鮮やかな水色。

その日初めて会ったマリーアンジュ＝ベイカーは、子供の目から見ても美しい少女だった。

しかし、イアンにとって唯一、そして絶対的に気に入らないことがひとつ。

なぜ、自分の将来の伴侶は第三者によって決められなければならないのかと。

絶対的な王子であるイアンが望んで叶えられないことなど、それまで存在しなかった。マリーアンジュとの婚約は、初めてにしてこれまでで唯一、自分の望みが思い通りにならないことだった。

だから、イアンは最初からマリーアンジュのことが気に入らなかったのだ。そこに来たのがマリーアンジュ以外の女性でも、やっぱり気に入らなかっただろう。

月日が流れるにつれて、その苛立《いらだ》ちはますます大きいものへと変わる。マリーアンジュが周囲の期待に応えるような優秀な女性だったことも、その苛立ちを増長させる原因だった。

『殿下の未来の伴侶があのような聡明《そうめい》なお方で、本当に喜ばしいことです』

『これで殿下が治世されるときも、安心ですね』

そう言われるたびに、イアンの苛立ちは募った。

——将来イアンが治世してうまくいったら、それは妃であり聖女であるマリーアンジュのお陰である。

あたかもそう言われている気がした。

【国王となる者は、聖女を妃として娶り大切に慈しむべし】

なぜか、王家に古くから伝わる規律にはそんな記載がある。

（バカバカしい）

なんともバカげた規律だとイアンは鼻で笑う。

もし規律を守らずに天災が起きたら、それは聖女を蔑ろにしたせい。もし治世がうまくいけば、それは聖女の祈りの恩恵のお陰。

どちらにせよ、手柄は聖女のものになるのだ。

あまりのあほらしさに、聖女に関する教育はほとんど聞かずに過ごした。聖女のことなど、知りたくもない。

一方のマリーアンジュは文句ひとつ言わず、聖女教育、そして、将来に向けた王太子妃教育を黙々とこなして周囲からの評判も上々だった。

プレゼ王立学園では、聖女教育と王太子妃教育でほとんど時間がないにもかかわらず、彼女の成績は常に学年のトップクラスだった。学園では成績の張り出しなどはなかったが、習熟度別に分かれている中でいつも特進クラスにいるし、周囲の教師達の態度を見ればそれくらいわかる。

イアンも、全学年を通して特進クラスに在籍し続けた。

万が一、一回でも下のクラスに落ちれば、〝落ちこぼれ王子を手助けする聡明な聖女〟の図式ができあがってしまう。それだけは絶対に許せなかった。

そのため、特進クラスでは常に聖女であるマリーアンジュと王太子である自分が肩を並べる状態になっていた。

メアリーと出会ったのは、そんなある日のことだった。

『こんなところでうたた寝していると、風邪をひいてしまいますよ』

定期試験が近く、図書館で勉強しているうちにうたた寝をしてしまったのだ。

ハッとして起きると、目の前には見知らぬ女子生徒がいた。制服を着ており、学年を表す徽《き》章《しょう》の色が自分と同じ青なので、同じ学年の生徒なのだろうということはわかった。

(しまった……！)

こんなところを見られるなんて、本当に迂闊だった。周囲を見回し、近くにダレンとマリーアンジュがいないことにほっとした。

だが、目の前の女子生徒は自分がうたた寝をしていたことに気づいている。

何を言われるかと身構えていたが、彼女の口から出てきたのは意外にも忙しさを気遣うような言葉ばかりだった。

『殿下は努力家でいらっしゃいますね』

これまで、王太子であればやるのが当たり前という空気の中で生きてきたイアンにとって、それらの言葉は胸に響いた。

名前も知らぬ女子生徒は少し言葉を交わしただけで『それでは、私は失礼します』と言って向きを変え、立ち去ろうとした。

『待って』

気づけばその女子生徒を呼び止めていた。女子生徒が声に応えるように、くるりと振り返る。淡いグリーンの瞳がイアンを見つめた。

しかし、呼び止めたものの何を言えばいいかと言いよどむ。

『起こしてくれて助かった。ありがとう』
結局、口をついて出たのはそんな無難な台詞だった。
『どういたしまして』
名前も知らぬ女子生徒がふわりと笑う。
その瞬間、図書館の味気ない空気が華やいだような気がした。

あの女子生徒と絡むことは二度とないと思っていたが、その予想はすぐに裏切られた。
それは、校舎裏の噴水広場でひとり休んでいたときのことだ。
『あら』
鈴を転がすような声がしてそちらを向くと、いつぞやの女子生徒がいた。
『ごきげんよう、殿下』
ふわふわのピンクブロンドの髪を揺らしながら、笑顔の女子生徒が近づいてきた。
『休憩中でいらっしゃいますか?』
『……ああ。きみにはこんなところばかり見られているな』
別にいつも休憩しているわけではないのだ。
若干の気まずさに、イアンは頬をかく。
女子生徒はきょとんとした表情を見せたあと、くすっと笑った。

『殿下。人間、いつも完璧でいようとすると疲れてしまいます』

女子生徒はスカートの裾をくるりと翻すと、イアンの隣に座った。

『殿下は、気が緩んだところを見られるのは恥ずかしいことだと思っていらっしゃるのですね。でも、いざというときに完璧であれるように、休憩が必要なのです』

『いざというときに完璧であれるように……』

常に気を張り続けていたイアンには、全く新しい考え方のように感じられた。

『それに、完璧な聖人君子など存在しません。私も、キッチンに置いてあった兄のクッキーをこっそりとつまみ食いしたことがあります』

聖人君子の話にしては、例えがずいぶんと軽い話だ。思わずくくっと笑うと、女子生徒はにこりと微笑んだ。

『よかった。殿下のお顔が笑顔になりました』

息が止まったような、衝撃を受けた。

これまでに抱いたことがない感情が動きだすのを感じた。

『きみ、名前は？』

『私の名前？　メアリーです。メアリー＝リットン』

『リットン？　聞いたことがないな』

記憶の中にある有力貴族の家門名を辿ったが、リットンという家門には思い当たらなかった。

すると、メアリーはしゅんとした表情を見せた。

『元々は平民ですので。父が石炭事業で大成功して爵位を買いました』

『ああ！　もしかしてリットン商会の？』

『そうです。ご存じですか？』

『もちろんだ。リットン商会といえば、プレゼ国最大のエネルギー供給会社だ』

近年は、産業用機械などの発展が著しいがそのエネルギー源は石炭だ。

イアンの記憶では、リットン商会の会長は今から十五年ほど前、当時はまだそこまで注目されてなかった石炭の大規模鉱山を買収して、巨額の富を得た人物だ。リットン商会によりプレゼ国は安定的に石炭を得ることができるようになり、その功績によりリットン氏は叙勲され、のちに爵位を金で買った。

『プレゼ王立学園はどう？』

リットン商会の会長が爵位を買ったのは数年前のこと。

このプレゼ王立学園には貴族しか入学できないので、おそらくメアリーは貴族になってすぐにここに入学したのだろう。

『慣れないことも多いですが、なんとかやっております』

メアリーはにこっと微笑むと、『お気遣いいただきありがとうございます』と言った。

『ここは刺激が多くて面白いです。努力次第で自分にも色々なものに手が届くかもしれないと思うと、わくわくします』

『わくわく……』

メアリーの言葉は、いちいちイアンにとって新鮮だった。

生まれながらに王太子で叶わぬ望みなどなかったイアンは、努力次第で手が届く存在など一度も考えたことがなかったから。

それと同時に、高みを目指そうとしているメアリーのことがとても眩しい存在に見えた。


その後も、イアンはメアリーに事あるごとに遭遇した。

学園内の廊下、食堂、広場……。

そして、年頃のふたりが親しくなるのに、そう長い時間はかからなかった。

『先日の剣術ではダレンに負けてしまった』

『ダレン様はイアン様の側近で、イアン様を守る立場でしょう？　側近が主より弱いなど、示しがつきません。ここは、イアン様が負けることにより彼に花を持たせてあげた、と考えるのがよいのではないでしょうか』

『…………。俺がダレンに花を？　それもそうだな』

メアリーが相手だと、イアンは不思議と弱い自分を見せることができた。

――あまり無理しすぎないでくださいね。

――イアン様は十分頑張っています。

メアリーがくれる言葉はどれもイアンの耳に心地よく響いた。

それと同時に、完璧な淑女の姿を一切崩さないマリーアンジュへの苦手意識はますます大きくなった。

転機が起きたのはそんなある日のことだ。約束していた校舎の裏庭に行くと、メアリーが泣いていた。

『メアリー、どうした。何があったんだ！』

『イアン様……。私、もうイアン様とお会いすることはできません』

ぽろぽろと涙を流しながらそう告げられ、頭が真っ白になった。

『なぜだ！　何があった！』

イアンは咄嗟にメアリーの両肩を手で掴み、問いかける。メアリーは言うべきかどうかを悩んでいるようで、しばらく口を開けたり閉じたりを繰り返していた。

しかし、イアンの粘り強い問いかけにより、ついに口を開いた。

『なんだと……。マリーアンジュが？』

それは、信じがたい話だった。マリーアンジュがメアリーに対して身のほどを弁えろ、王太子の名前を呼ぶな、そもそも王太子に近づくなと言ったというのだ。

それを聞いたとき、カーッと頭に血が上るのを感じた。

メアリーとは確かに親しくしていたが、それは友人関係を超えたものではなかった。会話を楽しみ、穏やかなときを過ごす。ただそれだけだ。

それなのに、そんなことを言うなんて——。

ましてや、イアンの交友関係はイアンのものであり、いくら婚約者であろうととやかく言われる筋合いなどない。

『私、ショックで……。これまで身のほども弁えずに殿下と親しくしてしまい、申し訳ありません』

メアリーは自分が悪いのだと泣いている。その姿を見て、この子は自分が守ってやらなければならないという強い使命感に駆られた。

『大丈夫だ。マリーアンジュの言うことなど気にするな』

イアンは元々掴んでいたメアリーの両肩を強く引き寄せると、その体を抱きしめる。そして、顎を掬《すく》い上げるとそのまま唇を重ねた。

それがイアンとメアリーにとって、初めてのキスだった。

『俺はメアリーが好きだ。どうか、以前のように名前を呼んでくれ……』

『イアン様……！』

メアリーは感極まったように口元を手で押さえる。

『私もイアン様が大好きです。世界で一番お慕いしています』

可愛らしい告白に、天にも昇るような心地だ。イアンは勢いに任せ、もう一度メアリーにキスをした。

このとき、マリーアンジュはイアンの中で〝煩《わずら》わしい存在〟から〝排除したい存在〟に成り下がった。


イアンとメアリーの逢瀬《おうせ》はその後も続いた。

そのたびにメアリーからはマリーアンジュに嫌がらせをされたことや、マリーアンジュが聖女でありながら聖女らしからぬ行動をしていたことを聞かされた。

——完璧な聖人君子など存在しません。

これは以前、メアリーから言われた言葉だが、まさかマリーアンジュがここまで裏表がある悪女だとは想像だにしていなかった。

これで〝完璧な淑女〟とは笑わせる。

もしこのような女を王室に迎え入れれば、あとあとまで響く恥となるだろう。

(なんとかできないだろうか……)

なんとかマリーアンジュを排除して、メアリーを妃にする方法がないだろうか。

色々と考えたが、国王となるものが聖女を娶ることは決定事項だ。それを覆すことはイアンにもできない。

そんなある日のこと、メアリーが『話がある』と真剣な表情で教室を訪ねてきた。

ついさっきまで一緒に食事していたのになんの用だろうと思い話を聞くと、彼女は一枚の封筒を差し出した。

『これを見てください』

『なんだ、これ？』

『手紙なんですけど、書いてあることが問題なのです』

メアリーの意味ありげな言葉に、とりあえずはその手紙に目を通すことにした。

【聖女の力とはその全てを他人に移すことも可能】

その文言を読んだとき、思わず視線を止めた。

（聖女とは、他の人間にその力を移すことができるのか？）

興奮から気持ちが昂《たか》ぶるのを感じた。

もしこれが真実ならば、マリーアンジュの聖女の力をメアリーに移してしまえばいい。そうすれば、あの悪女を王太子妃にすることを回避できるだけでなく、メアリーを正当な妃として迎え入れることができる。

そのことばかりが気になり、その日は午後の授業に全く身が入らなかった。

『イアン殿下。今日はなんだかご機嫌ですね』

プレゼ王立学園からの帰り道、側近のダレンにそう言われて心臓がドキンと跳ねた。

『課題レポートの進捗がいいんだ』
『なるほど。それはよかったですね』
ダレンはにこっと微笑む。
『……ダレン、頼みがある。聖女についてのことを調べてほしい』
『聖女様についてですか？　かしこまりました』
ダレンは思わぬ依頼に意外そうな顔をしたが、すぐに笑顔で頷いた。

そしてその一週間後。
ダレンの調査結果がイアンのもとにもたらされる。
それを聞き、イアンが喜びに震えたのは言うまでもない。

◆　第三章　宣戦布告

マリーアンジュが聖女でなくなってから、三週間が過ぎた。

この日、マリーアンジュはプレゼ王立学園時代に特に親しくしていた友人達と屋敷でお茶を楽しんでいた。

「三週間で侍女を四人解雇？」

マリーアンジュは友人の言葉に、ティーカップを持つ手を止める。

「はい。それでメアリー様の侍女をやりたがる方がいらっしゃらないようで、王宮から密《ひそ》かに求人広告が出ているんです。表向きはただの侍女募集の求人広告ですが、その実情はメアリー様付きの侍女を募集しているのだとか」

「ふうん」

マリーアンジュは手に持っていたティーカップをソーサーに戻す。

「やっぱり、メアリー様に聖女など務まらなかったのですわ。うまくいかない腹いせに侍女に嫌がらせをして憂さ晴らしをしているのです。解雇されたひとりが我が家に勤める侍女の血縁者でしたのでうちで雇い入れたのですが、とても優秀な方ですわ」

友人のひとり、オルコット侯爵令嬢のアビーがそう漏らす。

（三週間で四人……。確かに、それは異常な人数ね）

彼女達が言う通り、聖女と王太子妃の婚約者の仕事が思った以上に多くイライラがたまり、その腹いせに嫌がらせしていると考えるのが妥当だろう。

（ずいぶんと子供っぽいこと）

そんなことをすれば王宮内での求心力が下がり、自分の立場が危うくなるだけなのに。

マリーアンジュは内心でメアリーの幼稚さに呆れた。けれど、この子供っぽさはかえって利用しやすい。

「侍女募集の締め切りはいつ？」

「たしか、明後日《あさって》だったかと。でも、どの家門も推薦を出さないと思いますわ。だって、せっかく出仕させてもすぐにクビにされては、箔がつくどころかマイナスイメージですもの」

「明後日。まだ間に合うわね」

マリーアンジュは口元に手を当てて考える。

「え？　マリー様、もしかして誰かを推薦するおつもりですか？」

友人達は驚いて目を丸くする。

「ううん。きっとベイカー侯爵家が推薦しても、メアリー様は雇わないわ。それよりも、考えがあるの」

「考え？」

その場にいる令嬢達が、顔を見合わせる。

マリーアンジュはこの場にいる友人の中で最も高位貴族であるアビーを見つめる。

アビーの実家であるオルコット侯爵家は、代々王家に仕えてきた名門貴族の家門だ。

「アビー。お願いがあるの。今回の件、オルコット侯爵家からひとり推薦を出してくれないかしら？」

「え、我が家からですか？　もちろん、マリー様のご依頼とあれば、父は了承すると思いますが――」

アビーは突然の依頼に頷きながらも、その顔に困惑の色を見せる。

「推薦するのは、特に信用のおける侍女にしてほしいの。おそらく、メアリー様は忙しさのあまりに気が立っておられるわ。だからタイミングを見計らって、気遣っているふりをしてこう言ってほしいの」

――なんてお労《いたわ》しい、メアリー様。どなたか、メアリー様の仕事を代わってくださる方がいらっしゃれば。

「え？　だって、そんなことをなさったら――」

マリーアンジュが台詞を伝えると、アビーは驚き、目を見開く。

メアリーの仕事を代わることができる人間。そんな人はこの世にひとりしかいない。

――マリーアンジュだ。

「それでいいの。この自由気ままな生活もとても楽しいのだけれど、少し王宮のことも心配だから」

「マリー様……」

アビーはこれまで、マリーアンジュがどんなに自分を犠牲にして努力し続けてきたかを痛いほど知っていた。

マリーアンジュの心中を察し、やるせない気持ちになる。

「かしこまりました。うまくやりましょう」

アビーはギュッと手を握り、しっかりと頷いた。

「実は、それにぴったりの適任者がおります。我が家で働き始めて五年ほど経つ、とても有能な侍女ですわ」

「それは頼もしいわね。ありがとう。……あと、これはくれぐれも他言無用よ？」

ふわりと笑ったマリーアンジュは、人さし指を口元に当てる。

「もちろんでございます」

アビーをはじめとする、その場にいる令嬢達も全員が頷く。

彼女達は全員、これまで折を見ては聖女の役目を一時的に代わってもらっていた友人達だ。

四人ともマリーアンジュのためならぜひとも力になりたいと願っているし、マリーアンジュも彼女達を信頼している。

「ありがとう、みんな」

マリーアンジュは友人達の温かい心遣いに顔を綻ばせる。

（メアリー様にはしっかりと聖女様のお仕事に専念していただかないとね）

そうでなければ、せっかく立てた計画が崩れてしまう。

マリーアンジュは優雅に紅茶を飲み干すと、にっこりとその美しい顔に微笑みを浮かべたのだった。

「あ、そういえば――」

そのとき、何かを思い出したかのように友人のひとり――ルシーが声を上げる。

「マリー様。今度エネミー侯爵家で舞踏会を開催するようなのですが、いらっしゃいませんか？」

「エネミー侯爵家？　ミハイル様のご実家かしら？」

マリーアンジュは首をかしげる。

エネミー侯爵家は由緒正しき名門貴族だ。

そこの嫡男であるミハイルはプレゼ王立学園でマリーアンジュの一学年上だった。とても優秀な人で、生徒会活動をしているときに先輩後輩の仲としてお世話になった。

栗色の緩い癖毛を綺麗にまとめ、いつも清潔感のある装いをした好青年が脳裏によみがえる。

「招待状をいただいていないわ」

「わたくしもつい最近その話を聞いたばかりなので、招待状はまだかと思います。そのうち届きますわ」

「そう。では、届いたら考えるわね」

マリーアンジュはルシーに無難な答えを返す。

「はい、ぜひ！　マリー様もせっかくだから楽しまれるのがいいかと」

ルシーは笑顔で頷く。

（舞踏会か。行ってもいいかもしれないわ）

舞踏会は貴族の社交の場としてとても重要な場所だけれど、今までは忙しくてあまり参加する機会がなかった。けれど、人脈を広げて情報を集めるためには参加するに越したことはない。

「ところで、ルシーはどうしてそのことを？」

「え？　えっと……」

ぽぽぽっとルシーの頬が赤くなる。

「実は、ミハイル様と――」

「まあ！　そうなのね？」

思わぬ吉報に、マリーアンジュは顔を明るくする。

そういえば、ルシーの兄はミハイルと同学年でとても仲がよかったと思い出す。そんな縁もあって、徐々に距離を縮めていったのかもしれない。

（これはなんとしても舞踏会に参加して、ふたりに直接祝辞を贈らないと）

マリーアンジュ以外の友人達も初耳だったようで、皆、目を輝かせて「いつの間にそんなに話が進んだの？」「水くさいじゃない」と興味津々の様子だ。

「きっかけは、ミハイル様が絵画の展覧会に一緒に行かないかと誘ってくださったことなんです」

ルシーは照れつつも、なれそめを話す。マリーアンジュはそれに耳を傾けながら、相好を崩す。

（ルシーは恋愛結婚になるのよね？）

聖女であるマリーアンジュは王太子と結婚すると決められている。つまり、マリーアンジュの意思にかかわらず結婚相手はイアンであり、恋愛結婚はマリーアンジュにとって無縁のものだ。

（羨ましいな）

嬉しそうにはにかむルシーの笑顔は、マリーアンジュには輝いて見えた。

◇　◇　◇

メアリーはイアンから注意されて一時的には真面目に聖女の仕事に取り組んでいたと思われ

たが、それも長くはもたなかった。

「これ以上は無理です。だって、今日はこんなにやったんですよ？」

メアリーは今日こなしたという課題をイアンに差し出すと、同情を誘うように目を潤ませる。

「そうだな。メアリーはこんなに頑張ったんだ。少し息抜きを――」

イアンがメアリーにつられてそう言いかけたそのとき、「いけません」と声が上がる。側近のダレンだ。

「まだ今日こなすべきことの十分の一も終わっていません。午後は各地の浄化の状況についての確認と、農水省の定例会議へのご参加が予定されております。午前中にこなしていただかないと――」

「さすがにそれは無理じゃないか？」

ダレンが話している途中だったが、イアンが口を挟む。

「マリーアンジュはこれらを全て、こなしていました」

ダレンは真っすぐに、イアンを見つめる。

「だって、マリーアンジュ様は八歳からこれをやっていたのでしょう？　私はまだ一カ月よ！」

暗にマリーアンジュのほうが優れていると言われたと感じ、メアリーはダレンに対して異議の声を上げる。それに同調するように、イアンも頷いた。

「その通りだ。メアリーはまだ聖女の仕事を始めたばかりで慣れていない」

「では、マリーアンジュと同様にこなせるようになるには、あと十年かかると？　聖女はすでにメアリー様なのです。時間がありません」

「……ぐっ！」

イアンはダレンから鋭い指摘を受けて言葉に詰まる。

そのとき、その緊迫した空気を破るように、明るい声が響いた。

「皆様。お茶をお持ちいたしましたので少し休憩してくださいませ」

イアンがそちらを見ると、最近メアリー付きの侍女として働き始めたばかりの若い女がワゴンにティーカップとのセットをのせて運んできている。

「今はそれどころじゃない。大体、ティーセットなど頼んでいな――」

イアンは場違いな侍女の登場に苛立ち、声を荒らげる。しかし、それを遮るようにダレンが「そうだな。いただこうか」と言った。

「はい。本日はケチャ地方特産のりんごを贅沢に使ったアップルパイをご用意しております」

侍女はにこにこしながら、ティーカップとアップルパイをテーブルに並べてゆく。そして、メアリーのほうを心配げに見つめた。

「メアリー様も召し上がってくださいませ。とても美味しいですわ」

「……今は食べたくないわ」

メアリーはふいっとそっぽを向く。

「では、気が向いたらお召し上がりください。こちらのアップルパイ、シェフが腕によりをかけて焼き上げた逸品でございますのよ。隠し味に――」

侍女は頬に手を当ててひとりで喋り続ける。

(なんてよく喋る侍女なんだ)

イアンは呆れ返った。

名門オルコット侯爵家から『特に優秀な侍女だ』と推薦されてきた者だと聞いていたが、どうやら前評判とはだいぶ違うようだ。

「それにしても心配です。だってメアリー様はこんなに頑張っていらっしゃるのに。メアリー様のお仕事を、どなたか代わってくだされればよろしいのですが」

侍女はほうっと深いため息をつく。そして、カートを押してそそくさと部屋から出ていった。

(誰も代わってくれないから、こんなにメアリーが疲弊しているのだろうが。マリーアンジュの奴、この量の仕事をいったいどうやって――)

侍女の無神経な発言に、イアンはまた神経が逆撫でされてイラッとする。

(いや、待てよ)

そのとき、名案が閃《ひらめ》いた。

イアンは表情を明るくする。

「そうだ。マリーアンジュにやらせればいいのではないか?」

「は？」

ソファーに座って紅茶を飲んでいたダレンは、イアンの突然の発言に眉根を寄せる。

「だから、マリーアンジュにやらせるんだ。あいつは今までこの仕事をやってきたはずだから、できるはずだ」

ぽかんとしてイアンの話を聞いていたメアリーも、目を輝かせた。

「そうよ！　私が慣れるまでの間、マリーアンジュ様にやっていただけばいいのよ。イアン様、素晴らしい名案ですわ。だって、祈りを捧げることは聖女にしかできないですけれど、その他はマリーアンジュ様でも大丈夫のはずだわ」

メアリーもそれは名案だと、イアンの案に同意する。

「そうと決まれば、ダレン。すぐにベイカー侯爵家に向かい、マリーアンジュをここに連れてこい」

イアンはアップルパイをフォークでカットしていたダレンに命じる。

「マリーアンジュはそれに従うでしょうか？　殿下が彼女の地位を剥奪《はくだつ》したのに」

ダレンはイアンに聞き返す。

「心配ない」

イアンは胸を張って答えた。

「何せ、マリーアンジュは俺に未練があるからな。俺の呼び出しとなれば、喜んですぐにやって来るはずだ」

「……ほう？」

「ダレンも見ただろう？　あの卒業記念パーティーでの、未練たらしいマリーアンジュの態度を。俺の妃の座に縋りつこうと必死だった」

イアンの言葉に「やだっ」とメアリーが声を上げる。

「期待させておいて、仕事の手伝いをさせるだなんて……。なんだかマリーアンジュ様が気の毒な気もしますわ」

気の毒な気がすると言いながらも、メアリーはくすくすと笑っている。

「気にするな。あの悪女には、それくらいの見せしめが必要だ」

イアンはふっと微笑んだ。

ダレンはその様子を無言で見つめる。

「殿下。確認ですが、マリーアンジュをここに呼ぶことは命令ですか？」

「無論、命令だ」

イアンは鷹揚に頷く。

「かしこまりました。マリーアンジュを呼んできましょう」

「頼んだぞ」

ダレンが部屋を出ると、「これで一安心だ」「本当ですね」とふたりが笑い合っている声が聞こえてきた。

（救いようがないな）

ダレンは内心でため息をつく。

だが、これくらい間抜けであったほうが手のひらで転がしやすい。

◇　◇　◇

マリーアンジュは庭園の見えるテラスで紅茶を飲みながら読書を楽しんでいた。

聖女としての役目を負っている間は時間がないので読書の時間も限られていたが、今はたっぷり時間がある。昨日は城下に出てこの辺りで一番大きな図書館に行き、両手に抱えられる限界まで本を借りた。今はそれを一気に読み進めている。

「お嬢様。ダレン様がいらっしゃいました」

「ダレン様が？　どうしたのかしら？」

マリーアンジュは首をかしげる。

あの日以来ダレンはまめにマリーアンジュの様子を見に来てくれるのだが、今日は約束していなかったはずだ。

不思議に思いながらも、マリーアンジュはダレンの待っている一階の応接間へと向かう。

「ダレン様、ごきげんよう」

マリーアンジュは笑顔でダレンを出迎える。

「突然訪ねてきて悪かったね。マリー」

「大丈夫です。誰かさんのお陰で、意図せず時間がたっぷりとできましたもの」

「ははっ、そうだったね」

ダレンは小さく声を上げて笑う。

「紅茶を用意します」

「ああ、ありがとう」

ダレンは椅子を引くとマリーアンジュの正面に座り、色づいた紅茶がカップに注がれるさまをじっと見つめていた。

「ダレン様が前触れもなくいらっしゃるなんて珍しいですね」

「急なことで、前触れを出す余裕がなかった。すまない」

「いえ、お気になさらずに。のんびりしておりました」

「あまりいい知らせじゃないんだ」

「ええ、存じております」

マリーアンジュは淹れたての紅茶を一口飲むと、にっこりと微笑む。

ダレンはマリーアンジュのもとを訪ねるとき、必ず先触れを出す。それなのに、今日はなんの先触れもなく突然に現れた。

きっとイアンから何か理不尽な言付けを預かってきたのだろうと、容易に想像がつく。

「イアン殿下はきみに、メアリーの仕事を手伝えと」

「まあ……」

狙い通りに事が進んだならば、いずれイアンからメアリーを手伝えという命令がくるだろうとは思っていた。

だが、予想以上に早い。きっとアビーの実家であるオルコット侯爵家が推薦してくれた侍女は、想像以上に有能なのだろう。

「聖女の祈りは代われませんわ」

「祈り以外の務めと、王族に嫁ぐ者としての務めのほうだ」

「あらあら。立派な聖女様になることと、イアン殿下のお妃様になることはもう諦めてしまわれたのかしら？」

マリーアンジュはこてんと小首をかしげる。

「マリー」

ダレンがマリーアンジュをたしなめるように名前を呼ぶ。

「冗談ですわ。それにしても、こなすべき任務を自ら投げ出すなんて正気かしら？　永遠にイアン殿下の妃となる許可が下りませんわ」

マリーアンジュは肩をすくめる。

無論、それを狙ってアビーに侍女の潜入を依頼したのだが、こんなに呆気なく引っかかるとは。

「……バカなのだろう」

ダレンがはあっと息を吐く。

あまりにも歯に衣着せぬ単刀直入な言い方に、マリーアンジュは大きく目を見開き、不覚にもぷっと噴き出した。

「どちらが？」

「両方。そうだとしか思えない」

ダレンは肩をすくめ、肘を折って両手のひらを上に向けると、お手上げだと言いたげなポーズをした。

「どうする？　マリーが嫌なら、適当に言って断っておく」

「ダレン様が彼らに八つ当たりされてしまうのでは？」

「言わせておけばいい」

両手を上に上げるダレンは心底呆れているような表情だ。きっと、毎日のようにあのふたりの乱心ぶりに付き合わされて、本当にうんざりしているのだろう。

「大丈夫です。心配してくださりありがとうございます」

「本当に？　なんとでも断れるが」

「だって、王太子殿下からのご命令なのでしょう？」

「まあな」

マリーアンジュを蹴落として聖女兼未来の王太子妃の座に収まったメアリーだけれど、その仕事を全くこなせていないようだ。八歳から毎日のようにやってきたマリーアンジュでも大変な量だったのだから、予想通りだけれど。

「ダレン様も大変ですね」

マリーアンジュはしみじみとつぶやく。本当に、ダレンの苦労を思うと頭が下がる思いだ。

「俺のことはいいのだが、きみが引き受けると告げたらまたあのお方の勘違いを増長させそうで、それだけが気に入らない」

「勘違い？」

マリーアンジュはなんのことかと首をかしげる。

「知る価値もないことだ」

ダレンはぶっきらぼうに言い放った。

（あら？　珍しく、怒っていらっしゃる？）

その表情は、心なしかむくれているように見えた。

常に平静な態度を崩さないダレンが怒りの片鱗《へんりん》を見せるのは珍しい。

何かとても不愉快な言動を見聞きしたのだろうというのはわかったが、それを根掘り葉掘り聞くのは野暮だろう。

「マリー」

「はい？」

名前を呼ばれ、マリーアンジュはダレンを見つめる。

真摯な眼差しと視線が絡み合い、胸がドキンと跳ねた。

何か、彼がとても大切なことを言おうとしていると感じたのだ。

「俺と組まないか？」

「組む、と言いますと？」

「今回の件、きみが仕組んだんだろう？」

マリーアンジュはヒュッと息をのむ。

（……どうして気づいたの？）

内心では心臓がうるさいほど鳴ったけれど、マリーアンジュは外見にはそれを悟らせずに、にこりと微笑む。こんな仮面のような笑顔も、王太子の婚約者としての教育の中で身につけた。

「なんのことだか、わかりかねます」

「俺を騙《だま》せるとでも？」

ダレンは余裕の表情で、口元に弧を描く。

「メアリーが侍女を次々にクビにしていることは求人票を出した影響で多くの貴族の知るところになっていた。あの状況では次の侍女もすぐにクビになることが予想される。いくらイアン殿下のお気に入りとはいえ、有力貴族は皆、推薦者を出すことをためらっていた」

ダレンは言葉を止めると、マリーアンジュを見つめる。

「ところが、オルコット侯爵は有能な侍女を推薦した」

マリーアンジュは無言でダレンを見返し、発言の続きを促した。

「オルコット侯爵はこの推薦をしても、推薦した侍女がすぐにクビにされる可能性が高いことを重々承知していたはずだ。さらに、オルコット侯爵はすでに政界でかなりの発言権を持っており、イアン殿下のお気に入りの令嬢に取り入る必要もない。では、なぜ彼は侍女を推薦したんだろうね？」

全てを見透かすようなダレンの青い瞳にじっと見つめられ、マリーアンジュは居心地の悪さを感じて身じろぐ。

ダレンは幼い頃から人一倍頭の回転が速く、理知的だった。きっと、全てをお見通しなのだろう。

「少々やんちゃがすぎるようなので、少し痛い目を見ていただこうと思っただけです。……呆れましたか？」

「いや？」

ダレンは首を横に振る。

「前にも言ったが、きみのそういう、時に冷徹になれるところは王妃に向いていると思う」

ダレンは意味ありげに口の端を上げる。

（さすがね）

その態度に、マリーアンジュは彼が本当に一から十まで見通しているのだと悟った。

マリーアンジュは聖女だ。そして、聖女にはその力を分け与える能力がある。マリーアンジュがメアリーに与えた力はマリーアンジュの力を貸しているにすぎない。

あの卒業記念パーティーの日、マリーアンジュはイアンの命令に心底驚いた。

いくらメアリーの神聖力が強かろうと、彼女は元々聖女ではない。能力を超える力を与えられれば、耐えられなくなりやがて限界を迎える。

全ての聖女の力をメアリーに与えれば、彼女が破滅に向かうことは明らかだった。

それに、それを命令したイアン自身も責任の追及は免れないだろう。

それをわかっていながらイアンの命令に敢《あ》えて従ったのは、少しお灸を据えてやろうと思ったからだ。

イアンが王太子としてマリーアンジュに命令したのだから、何が起ころうとマリーアンジュに責任はない。

つまり、マリーアンジュはふたりが悪い方向に転落するとわかっていながら、敢えて従順なふりをして聖女の力を与え、安全な場所から高みの見物を決め込んだのだ。

ダレンの青色の瞳と視線が絡み合う。ダレンの眼差しには、なぜか目が逸らせなくなるような不思議な力があった。

「きみは、このままイアン殿下が国王になって、この国がよい方向に向かうと思うか？」

マリーアンジュは答えられず、言葉に詰まる。

「その質問には、答えるのが難しいですわ」

明け透けな答えを言うならば、答えは〝否〟だ。

しかし、プレゼ国の規定では長男が王太子となると定められている。だから、彼が国王になることは確定事項なのだ。

「答えられないところに、きみの答えがあるな」

ダレンはマリーアンジュに鋭い指摘をする。

「そんなきみを見込んで、もう一度言おう。俺と組まないか？　実は、子供の頃からどうしても手に入れたいものがあった」

「手に入れたいもの？」

「ああ、兄上から奪おうと思う」

「……本気ですか？」

意味ありげな物言いにマリーアンジュはダレンの考えていることの大体を察し、目を見開いた。

「本気だ。真の聖女はきみだ。マリー、俺と結婚してほしい」

真っすぐにマリーアンジュを見つめる青色の瞳は真剣そのものだ。

緊張から喉が渇き、マリーアンジュはこくんと唾を飲む。

(本気で王座を奪う気でいらっしゃるのね)

その表情から、マリーアンジュは彼が本気であると悟る。

暑いわけでもないのに、手が汗でびっしょりになった。

聖女を妻とするのは、国王となる者だ。そして、ダレンはマリーアンジュとの婚約を望んでいる。

「王座を取る気ですか?」

「兄上はその器ではない。きみもそれは悟っているはずだ」

イアンは国王の器ではない。ダレンが言う通り、マリーアンジュもそれは十分すぎるほどわかっている。

「あなたはその器だと?」

マリーアンジュはわざと試すような物言いをしながら、ダレンをじっと見据える。

「わからない。だが、彼よりはふさわしいと自負している」

ダレンは真っすぐにマリーアンジュを見つめたまま、はっきりとそう言った。

マリーアンジュはゆっくりと目を閉じる。

（ただ単に懲らしめるだけのつもりだったけど……）

本人が泣いてもう無理だと言ったら、聖女の力は元に戻してあげるつもりだった。イアンとメアリーは相当の恥をさらすことになるが、お灸を据えるにはちょうどいいだろうくらいの気持ちだったのだ。


──聖女たるものは、国民の幸せを第一に考えよ。


聖女として、そして未来の王太子妃としての教育の中で常々、マリーアンジュが叩き込まれてきた言葉を思い出す。

（この国の未来を託すべき人は……）

これに従うならば、マリーアンジュが取るべき答えはひとつだけだ。

「わかりました。その話、乗りましょう」

マリーアンジュはしっかりとダレンを見つめ、そう告げた。

この瞬間、マリーアンジュはダレンを王太子の座から引きずり下ろす策略に加担すると言ったのだ。

ダレンは口元に弧を描くと、体を起こしてテーブル越しにマリーアンジュのほうに上半身を寄せる。

「契約合意だな。では、よろしく。婚約者殿」

耳元に囁《ささや》かれ、つつっと指先がマリーアンジュの頬を撫でる。顎を上げられると、唇が重なった。まるで誓約のようなキスは思いの外優しい。

『この、悪女がっ！』

ダレンのキスを受け入れながら脳裏によみがえったのは、卒業記念パーティーでイアンが言った罵りの言葉だ。

（大いに結構よ）

そうなることを望んだのは、イアンのほうだ。

ならば、望み通りに稀代《きだい》の悪女になって魅せましょう。

◇◇◇

白と金色に塗られた大きな鉄柵の門をくぐると、両翼に広がる白亜の城が目に入った。久しぶりに訪れた王宮の景色を見て、マリーアンジュは懐かしさに目を細める。

（まだ一カ月ちょっとしか経ってないのに、何年も来ていない気がしてしまうわ）

毎日のように通い続けた場所なので、一日来ないだけでも居心地の悪さを感じたというのに、それが一カ月半も続いたのだから懐かしく感じるのも当然だろう。

マリーアンジュはしっかりとした足取りで、通い慣れた通路を進む。

「ごきげんよう。マリーアンジュでございます」

声をかけると、ドアはすぐに開いた。

「まあ、マリーアンジュ！　元気にしていたかしら？」

明らかな喜色を浮かべて出迎えてくれたのは、王妃であるシャーロットだ。

「シャーロット様、大変ご無沙汰しておりました。このたびのこと、なんと申し上げればいいか――」

マリーアンジュは深々と頭を下げて謝罪する。

シャーロット王妃と会うのは、あの卒業記念パーティーのあと初めてだ。幼い頃からよくしてくれただけに、こんなことになって申し訳なさが込み上げる。

「あなたが謝ることはないのよ。くだんの件を聞いたときは、本当に驚いたわ。あのバカ息子が――」

シャーロットは顔をしかめる。誰かさんと同じような物言いに、不敬だと思いつつもぷっと噴き出してしまった。シャーロットもマリーアンジュにつられるように、表情を柔らかなものにする。

「あなたには苦労をかけるわね」

「いえ、そんなことは。それに、本来であれば全てわたくしがすべき仕事です」

マリーアンジュは小さく首を振る。

今メアリーが滞らせている仕事は本来、マリーアンジュがやるべきことだ。今の状態になったきっかけはイアンの命令だったとはいえ、マリーアンジュは少なからず責任を感じていた。

「いいえ、あなたにはとても苦労をかけたわ。わたくしはわかっていたのに、どちらの息子も可愛くて——」

シャーロットは唇を噛むと、まるで懺悔《ざんげ》するかのように俯く。

「あの……、王妃様？」

わかっていたとは、どういう意味だろう。

「……いいえ、なんでもないわ。マリーアンジュが元気そうで安心したわ」

シャーロットは顔を上げると、何事もなかったかのようにマリーアンジュを見つめ返してにこりと微笑んだ。

「わたくしも、王妃様がお元気そうで安心しました」

マリーアンジュもにこりと微笑む。

「そういえば、王妃様にご報告することが」

「まあ、何かしら？」

「イアン殿下が公衆の面前でわたくしとの婚約破棄を宣言された影響で、ちらほらと婚約の申し込みが届いておりまして――。わたくしは将来の国王陛下と結婚する身ですので、ダレン様と相談して彼に偽装婚約者を演じていただくことにしたのです」

「その件ならダレンから聞いたけれど、いい考えだと思うわ！　今はまだ様子をうかがっている貴族令息達も、あなたのことを熱い視線で見ているもの」

「そんなことは――」

マリーアンジュは反応に困り、眉尻を下げる。

ずっと聖女として過ごしてきたマリーアンジュは、全ての時間をそれのために費やしてきたため、イアンとダレン以外の男性と関わる機会がほとんどなかった。

加えて、卒業記念パーティーでの、大っぴらな婚約破棄。

寄ってくる男性などいるわけがないような気がするけれど。

いつもよくしてくれるシャーロットを騙しているような気がして、胸にチクリと痛みを感じた。

シャーロットの部屋を出たマリーアンジュは、その足でメアリーが滞在している王宮内の客間へ向かった。

精緻な模様の絨毯《じゅうたん》が敷かれたふた間続きの広い室内には、ドアの正面に大きめの執務机があり、その斜め前方には長方形のローテーブルを挟んで三人掛けのソファーがふたつある。天井からは小ぶりながらシャンデリアがぶら下がっており、奥には天蓋付《てんがいつ》きのベッドがあるのが見えた。とても豪華な部屋だ。

その豪華な客間に、不機嫌な声が響いた。

「遅いじゃない。どれだけ待たせるのよ！」

訪問したマリーアンジュを開口一番で怒鳴りつけてきたのは、この部屋の主であるメアリーだ。

「申し訳ございません」

マリーアンジュは頭を下げる。その殊勝な態度に溜飲を下げたのか、メアリーは「ふんっ」と鼻を鳴らした。

「私、聖女として毎日忙しくしているから補佐を雇おうと思ったの。あなたならこれまでもやっていたから、ぴったりでしょう？」

メアリーは机の上に手をつくと、視線で執務机の上を指す。そこには山盛りになった書類が置かれていた。

マリーアンジュはそちらに歩み寄り、執務机の上の書類の山を確認した。

（何これ。ほとんど何もやっていないのではなくて？）

ダレンから『メアリーのすべき業務が滞って、各所に迷惑がかかっている』とは聞いていたものの、ここまでひどいとは思っていなかった。

「たった一カ月と少しでこんなにためたのですか？」

マリーアンジュはメアリーを見つめる。メアリーはマリーアンジュのその態度に怒りで顔を赤くした。

「何よ！　私は、あなたと違ってイアン様のお相手もしなければならないから忙しいの！　あなたと違って」

「そうでございますか」

（『あなたと違って』を二回も言ったわ）

言外に『あなたは愛されていなかったけど、私は愛されている』という意味を感じ取り、マリーアンジュは内心でため息をつく。

（聖女にとって王太子と結婚することに、愛は関係ないのだけれど？）

なぜなら、最初からそう決まっているのだから。けれど、それをメアリーに言っても理解してはもらえないだろう。

「というわけで、それはマリーアンジュ様がやって」

メアリーは腰に片手を当てると、偉そうに命令してきた。

侯爵令嬢のマリーアンジュに対し、メアリーは男爵令嬢。

本来であればあり得ない態度なのだが、すっかりと未来の王太子妃になったつもりでいるメアリーにはわからないのだろう。

「かしこまりました」

マリーアンジュは小さくため息をつくと、席に座る。

（通常業務の確認書類だけでなく、各地の領主からのお手紙や、嘆願書まで……）

積み重なる書類を順番に確認してゆく。未来の王太子妃として知っておいたほうがいいというだけの報告書から、重要なものまで雑多に混ざっていた。

マリーアンジュはそれらに素早く目を通して重要度順に仕分けると、すぐにやらねばならないものから手をつけた。


黙々と雑務をこなしていると、時間が経つのはあっという間だ。

二時間ほど経った頃だろうか。部屋をトントンとノックする音がした。

「メアリー様。福祉厚生省のリックでございます。今日が確認の締め切りの書類を――」

ドア越しに呼びかける声がした。

「え？　今日が締め切り？」

ぎょっとした表情のメアリーの視線が、マリーアンジュへと向けられる。

「こちらでしょうか？」

マリーアンジュは先ほどチェックした、各地の福祉施設の状況報告に関する書類を差し出す。

メアリーはそれを見るや否や、マリーアンジュの手からむんずと奪い取ってドアのほうへ向かった。

「お待ちしておりました。書類はここに。これで平気かしら？」

メアリーはにこりと微笑み、マリーアンジュがチェックした書類をリックという名の文官に差し出す。

「おお、ありがとうございます。いやはや、一時はどうなることかと思いましたが間に合って本当によかったです」

書類を受け取ったリックが、にこにこと人のよい笑みを浮かべる。

「お待たせして本当にごめんなさいね。本当はもっと早くお渡ししたかったのだけれど、ちょっとした行き違いがあって」

「さようでしたか。間に合っておりますのでご安心ください」

リックはぺこりと頭を下げると、その書類を胸に抱えて自身の職場へと戻っていった。

ドアを閉めると、すぐにまたノックする音がする。

「農水省のシャディでございます。本日までに確認いただくお約束をしていた書類を――」

再びメアリーの視線がマリーアンジュへと向けられる。

「こちらです」

マリーアンジュは今さっきチェックしてサインしたばかりの書類をメアリーに差し出す。これは、今年に入って豊穣の祈りを捧げた地域と農産物の収穫状況の相関を調査した書類だ。マリーアンジュが豊穣の祈りを捧げた地域は、どこも豊作となっていた。

メアリーはそれを受け取ると、再びドアを開けた。そこには、プレゼ国の文官の制服である紺色の服を着た男性が立っていた。

「お待たせしてごめんなさい。こちらですよね」

「はい、そちらです」

文官はサインが入った書類を受け取ると、満面に笑みを浮かべる。

「お忙しい中、対応いただきありがとうございます」

「いいえ、お構いなく。私の作業が遅くて、待たせてしまいごめんなさい」

あたかも全てを自分が対応したかのように、メアリーは殊勝な態度で俯く。

「いいえ、とんでもないことでございます。私共のような者にも気遣いいただき、メアリー様はお優しい方ですね」

「そんなこと……っ」

メアリーの頬が、少し照れたように赤らんだ。マリーアンジュは半ば呆れつつも、その様子を離れた席から見つめる。

（さすがはイアン殿下を完全に騙しただけあって、大した演技力だこと）

その豹変《ひょうへん》ぶりには、さすがのマリーアンジュも脱帽した。

◇　◇　◇

マリーアンジュがメアリーの手伝いをするようになって二週間ほど経つが、周囲の変化はすぐに現れ始めた。

「最近、メアリーの評判が上がっているよ。文官達も、メアリーの作った書類を褒めている」

「まあ、本当ですか？」

鼻にかかったような甘ったるい声が聞こえた。

マリーアンジュは顔を上げる。

（イアン殿下がいらしたのね）

ドアの前に立つメアリーの頭越しに見えたのは、イアンだった。

メアリーはイアンを部屋に招き入れると、甘えるようにその腕に自分の腕を絡ませる。

ふと、イアンの視線がマリーアンジュのほうを向いた。

「マリーアンジュが来ていたのか」

「お手伝いを仰せつかりましたので。どうぞわたくしにはお構いなく」

マリーアンジュは軽く会釈すると、片手で「どうぞ」とポーズする。

「言われなくとも、そのつもりだ」

イアンはふんっと鼻から息を吐く。

ふたりはソファーに横並びに座った。

「私、これからもイアン様のために頑張りますね」

「メアリーは頑張り屋だな。きみが聖女で、本当によかった」

「そんなこと……っ」

メアリーは照れたように頬を赤らめる。イアンはそんなメアリーの肩を、愛しげに抱き寄せた。

マリーアンジュはぴたりと手を止める。

マリーアンジュがこの場にいると知りながらメアリーに対して『きみが聖女で、本当によかった』などと言うとは、完全に当てつけだとしか思えない。

ふと、メアリーの視線がマリーアンジュのほうを向いた。

目が合うと、メアリーの口元は勝ち誇ったかのように弧を描いた。

「ところでイアン様、舞踏会の招待状が届いていたのですが——」

「舞踏会？　行きたいのか？」

「駄目でしょうか？」

メアリーはおずおずと、イアンの顔色をうかがう。

「メアリーが行きたいなら、行こう」

「本当ですか？　嬉しい！」

メアリーは感激したようにイアンの腕に抱きつく。

（なんなのかしら、この三文芝居は？）

マリーアンジュが見る限り、メアリーはやるべき仕事の一割もこなせていない。残り九割はマリーアンジュが行い、その成果はメアリーのものになっている。

（それなのに、『きみが聖女で、本当によかった』ですって？）

目の前で繰り広げられる光景に半ば呆れ、マリーアンジュは息をつく。

メアリーの仕事の進捗具合では舞踏会に行く暇などないはずだし、その〝評判がいい書類〟を作っているのはマリーアンジュなのだが。

（さてと。そろそろ帰ろうかしら）

たまっていた執務は概《おおむ》ね処理したし、こんな三文芝居を延々と見せられては時間の無駄だ。

マリーアンジュが立ち上がりかけたとき、ドアをノックする音がした。

「はい？」

メアリーが返事をする。

「聖女様。書類に不備がありましたので、訂正をお願いします」

何枚かの書類を持って現れたのは文官だった。

「えっ？　不備？」

ぎょっとした様子で立ち上がったメアリーはその書類を受け取る。

「急ぎではありませんので、明日、別の書類と一緒に取りに参ります」

文官は丁寧に腰を折ると、その場をあとにする。

「メアリー。大丈夫か？」

ソファーに戻ってきたメアリーを、イアンが心配そうに見つめる。

「ごめんなさい……。私、よくわからなくって。マリーアンジュ様が全然教えてくださらないから……」

しゅんとしたメアリーの言葉に、マリーアンジュは心底驚いた。

（え？　わたくしのせい？）

そもそも、教えてほしいともなんとも言われていない。

「なんだと？」

イアンが怒りを孕《はら》んだ目でマリーアンジュを睨む。

「またメアリーに意地悪をしたのかっ！」

「しておりません」

なぜあと五分早く帰らなかったのかと、後悔が押し寄せる。

いつかの再現のようなやりとりに、本当にうんざりした。

「毎度のことだが、災難だったな」

帰り道、一緒に乗り込んだ馬車の中でダレンがマリーアンジュを慰労する。

あのあと、イアンが怒りを爆発させているところにちょうどダレンがやって来て、その場を丸く収めてくれた。

メアリーが『やり方を教えてもらってない』と涙ながらに訴えたその書類は確認した日付とサインを入れるだけの単純なもので、その日付が違っているという不備だった。事情を聞くまでもなく、言いがかりだとわかる。

「ダレン様から聞いてはおりましたが、王宮に来るたび毎回びっくりするほど執務が滞っております。それに、手をつけたものも不備ばかりで……。むしろ、何もやらないでいただきたいわ」

「それはそうだろう。聖女をしながら王太子妃教育を受けるなど、常人では無理だ。だからこそ、聖女は幼い頃に聖紋が現れたらすぐに王妃のもとに通い、長い期間をかけて教育を受ける。それだって、かなりの負荷だというのに」

ダレンは肩をすくめる。

「でも、好都合です」

マリーアンジュは口の端を上げる。

あの様子だと、メアリーはマリーアンジュがこなした雑務の全てを自分の成果として周りに振る舞うだろう。

祈りを捧げて国と国民に尽くし、忙しい中でもしっかりと執務をこなす理想の新聖女様。

今はそれでいい。だって――。

「落とすには、可能な限り上に上げておいたほうが効果的、か……」

ダレンがマリーアンジュの心を読んだかのようにつぶやき、口の端を上げる。

本当にこの人は聡《さと》いと、マリーアンジュは内心驚く。

「その通りです」

マリーアンジュはダレンに微笑み返す。

どうせ落とすならできるだけ高いところから落としたほうが、ダメージが大きい。

今はまだ、上に上ってもらわないと。

◇　◇　◇

マリーアンジュはその後も文句ひとつ言わずメアリーを手伝った。そんな日々も早一カ月になろうとしている。

執務を黙々とこなしながらも、マリーアンジュはメアリーの様子を観察する。

メアリーは高級仕立屋から取り寄せたドレスのデザイン集を熱心に見ていた。

どうせやってもらえるという安心感からか、メアリーは前以上に仕事をやらなくなっていた。

しかしながら、マリーアンジュが献身的に手伝っている効果で、メアリーに対する周囲の評価は上々だ。

「ねえ、フローラ。こっちとこっち、どちらがいいと思う？　今度、イアン様と舞踏会に行く約束をしているの」

メアリーが二枚のデザイン画を手に、そばに控えている侍女に声をかける。わざとらしいほどの大きな声なのは、ここにいるマリーアンジュへの当てつけだろう。

（フローラ……。あの人が、オルコット侯爵家が推薦した侍女ね）

フローラという名前には、聞き覚えがあった。たしか、アビーが推薦した侍女の名前だ。

マリーアンジュはフローラと呼ばれた侍女に視線を向けた。少したれた目尻と丸い顎、そして、艶やかな黒い髪はふたつに分けて下ろされている。年齢は二十代前半くらいに見えた。

アビーからはとても有能な侍女だと聞いていたが、その外観からはむしろおっとりとしたような印象を受けた。

「まあ、どちらも素敵ですね。メアリー様はとても可愛らしいですから、どちらもお似合いになります。でも、どちらかひとつ選べと言われたらこちらでしょうか。この可愛らしいシルエットがメアリー様の愛らしさをさらに引き立てますし、青色はまるでイアン殿下の瞳を思わせます。まさに、メアリー様にぴったりの逸品に見えますわ」

フローラは両手を胸の前で組み、メアリーに対して惜しみない賛辞を送る。

するとメアリーは気をよくしたようで、そのドレスのデザイン画を顔の高さまで上げた。

ドレスは青色を基調とした、ふりふりの華やかなものだった。裾や胸元など随所にレース飾りが施されており、腰には大きなリボンも描かれているのが見える。

「やっぱりこっちよね。私もそう思っていたの」

「はい。メアリー様にぴったりです。イアン殿下も惚れ惚れとしてしまうこと間違いありませんわ」

フローラはこくこくと頷く。

「舞踏会なら、真珠のアクセサリーで華やかさを添えるのはいかがでしょうか？　メアリー様の白い肌にとてもお似合いだと思います。真珠の白は清廉さを表しますから、まさに聖女様にふさわしいかと」

「真珠……。確かにいいかもしれないわ。早速取り寄せないと」

「では、依頼をかけておきましょうか？」

「ええ、お願い」

「かしこまりました」

すぐに手配するためか、フローラが部屋を出ていく。その様子をメアリーはにこにこしながら見送っていた。

（アビーから優秀とは聞いていたけれど、うまく取り入っているみたいね）

ふたりのやりとりを見る限り、メアリーはフローラのことをずいぶんと気に入っているように見えた。

「あら、もうこんな時間？　急がないと」

ふと壁際に置かれた時計が目に入り、マリーアンジュは独りごちる。時刻は夕方の五時になろうとしていた。

先ほど各地の大聖堂を管轄する神聖局から届いた書類を確認する。中身は、聖女による浄化のスケジュールについてだった。

聖女による浄化をはじめとする祈りは、聖女をあまり疲弊させすぎないように神聖局により綿密にスケジューリングされているのだ。

「メアリー様。神聖局から、今後の祈りのスケジュールが届いております」

「ふーん」

メアリーはマリーアンジュが差し出したリストをざっと見る。

「ここ、変えるように言って。ラクカに行くわ」

メアリーはリストの一部を指さして言う。

そこには、リゴーン地方という西の辺境地域に浄化に行くスケジュールが記載されていた。

「リゴーン地方は前回の浄化から時間が経っております。そろそろ行かれたほうがよいかと。

それに、ラクカは先日も訪問しております」

「だって、西の外れなんて何もない田舎じゃない。嫌よ」

メアリーは大きく腕を振って、拒否感を示した。

「それに引き換え、ラクカはお洒落《しゃれ》だし食事も美味しいし、とっても素敵な町だったわ。前回訪問した際はイアン様がラクカ地方で採れたアメジストのネックレスを贈ってくださったの」

メアリーは宝石箱を開けると、中から薄紫色のネックレスを取り出し、うっとりした様子を見せる。

マリーアンジュはメアリーに突き返された浄化スケジュールを改めて見た。

(リゴーン地方……)

リゴーン地方はプレゼ国の西部の辺境に位置しており、広大な森に覆われている。その森の向こうは海であり、とても自然豊かな地域だ。一方で、人による手があまり加えられておらず、よく言えばのどか、悪く言えばド田舎だ。

(前回の浄化が半年前か……)

通常、浄化は三から四カ月おきに行われる。本来であればメアリーが聖女になった直後の時期に浄化を行うべきところが、ここまで延び延びになっていたのだろう。

本物の聖女であるマリーアンジュであればまだしも、聖女の力を託されているだけのメアリーの力では、浄化の効果が自身のいる周辺地域にしか及ばない。現地に行かないと、祈りの効果が出ないのだ。

「しかし、浄化のスケジュールを変えてしまいますと、そのあとに続く浄化にも影響が出てしまいますから――」

「うるさいわね！　私は、行かないって言ったのよ！」

メアリーは再度スケジュールを差し出そうとしたマリーアンジュの手をバシンとはじく。その弾みに、メアリーが着けていた指輪の突起がマリーアンジュの手の甲に当たる。

「痛……っ」

マリーアンジュは小さく声を上げて手を引く。

「聖女の職を失ったくせに、私に意見しないでよ！」

目尻をつり上げたメアリーが、マリーアンジュを責め立てる。そのとき、カタンと背後で音がした。

「メアリー？　今さっき大きな声が聞こえたが、どうした？」

メアリーはハッとして声がしたほうを見る。マリーアンジュもそちらを見た。

そこには、訝しげな表情を浮かべたイアンがいた。その斜め後ろには、側近のダレンもいる。

「イアン様！」

メアリーはイアンの胸に飛び込む。

「マリーアンジュ様が……」

「なんだと？」

メアリーを胸に抱くイアンの声に、怒気が孕む。青色の瞳は明確な怒りを灯し、マリーアンジュを睨みつけた。

「どういうことだ?」

「わたくしは、浄化のスケジュールについて進言したまでです」

「では、なぜメアリーがこんなに悲しんでいる!」

(悲しんでいる?)

怒っている、の間違いではないだろうか。

マリーアンジュがメアリーのほうに目を向けると、彼女はその両目から大粒の涙を流してこちらを睨み据えていた。さながら虐待された小動物かのようなその姿は、周りから見るとたいそう庇護《ひご》欲《よく》をそそるだろう。

(本当に、素晴らしい演技力だわ)

この点においてはプレゼ国でも有数の実力を持つことは間違いなく、賞賛に値する。

「ラクカに行くと伝えたら、駄目だっておっしゃるんです。ちょうどその前にラクカでこのネックレスを買っていただいたことを伝えていたので、きっと嫉妬して当てつけですわ」

「なんだと。お前は本当に未練がましくしつこい女だな」

イアンはまるで軽蔑するかのような表情をマリーアンジュに向ける。

「どんなに思いを寄せてこようと、俺がお前と結婚することはない」

イアンはメアリーを抱き寄せたまま、声高らかに宣言する。その傍らで身を寄せるメアリーは勝ち誇ったように口元に笑みを浮かべている。

（何言っていらっしゃるの？　当たり前じゃない）

誰がこんな人と結婚するものか。

本気で冗談じゃない。リボンをかけてお返しする。

そうは思ったものの、怒りに身を任せて感情を露《あら》わにするのは賢明ではないので、マリーアンジュは口を噤む。すると、何を勘違いしたのかイアンは得意げに髪をかき上げた。

「その様子は図星だったようだな。とんでもない、卑しく底意地の悪い女だ」

「――恐れながら、殿下」

そのとき、凛《りん》とした声が部屋に響く。

「聖女様が祈りを捧げ浄化する地域の順番は、神聖局により厳密に決められています。気に入ったからといって、特定の場所ばかりに行くというのは道義が通りません」

ダレンの至極真っ当な指摘に、調子よくマリーアンジュを責め立てていたイアンはぐっと押し黙る。

「ところでメアリー様。本日マリーアンジュに手伝ってもらいたかった仕事は、もう終わっていますね」

「え？　ええ、まあ……」

メアリーは怯《ひる》んだような顔をして、目を泳がせる。

メアリーは、どの仕事が終わっていてどの仕事が残っているのかすら把握できていない。しかし、少し手伝ってもらうと言ってマリーアンジュを呼び寄せておきながら、実のところは全部押しつけているとは、さすがに言いづらいのだろう。

「マリー。少し手伝ってほしいことがあるから来てくれ」

「手伝ってほしいこと?」

マリーアンジュは戸惑ってダレンに尋ねる。

「ああ、行こう」

ダレンはマリーアンジュの手首をふわりと掴むと、退室を促した。

マリーアンジュは自分の手を引いて少し前を歩くダレンをうかがい見る。

(どこに行くのかしら?)

ダレンは少し早足で、王宮の廊下を進む。その様子に、何か緊急の案件でもできたのかと不安になった。


しばらく歩き続け、到着したのはイアンの執務室近くの部屋だった。

「そこに座って」

ダレンはマリーアンジュをソファーに座らせると、自身は部屋のサイドボードのほうへ歩み寄り、そこから何かを取り出した。戻ってきたダレンは、マリーアンジュと視線を合わせるように、その前にひざまずく。

「ダレン様？」

戸惑って声をかけるマリーアンジュの手を、ダレンは掬い上げた。

「マリー。血が出ているじゃないか」

「え？」

ダレンに握られた手を見ると、甲からは一筋の血が流れていた。先ほどメアリーの指輪が当たったときに傷ついたのだろう。

「気づいておりませんでした」

「手当てをする」

「放っておけば治りますわ」

「駄目だ。傷が残ったら大変だ」

ダレンは先ほどサイドボードから取り出した何かを、ローテーブルの上に置く。よく見ると、それは小さなガラス瓶に入った傷薬だった。

指先に少し取ったそれを、ダレンは丁寧に塗り込んだ。ダレンの指先が手の甲をなぞり、くすぐったさを感じる。

「行くのが遅れて悪かった」

「え？」

「メアリーがずいぶんと立腹していただろう？」

心配そうにこちらを見つめる瞳を見て悟った。

ダレンはマリーアンジュに用事があったのではない。メアリーに責め立てられているのを見かねて、あの場から立ち去る口実としてああ言ったのだ。

「田舎で何もないので、西部地方の浄化に行きたくないと。それに対して思わず諫言《かんげん》してしまいました」

「なるほど」

ダレンは息を吐く。

各地の大聖堂に祈りを捧げに行くことは聖女の役目であり、観光でも遊びでもない。

聖女の役割を誰よりも理解しているマリーアンジュだからこそ、メアリーの言動が許せなかったのだ。

「放っておけ。自身の終わりを早めるだけで、むしろ好都合だ」

薬を塗り終えたダレンは、マリーアンジュの隣に座る。

「……民に影響が出ないかだけが心配なのです」

マリーアンジュは目を伏せる。

メアリーが破滅するのは構わない。しかし、浄化をおろそかにすることは病の蔓延《まんえん》や魔物の発生に繋がり、国民生活に影響を及ぼすのだ。

その気になれば、マリーアンジュはメアリーに移した聖女の力を強制的に自分に戻すことも、リゴーン地方を浄化することもできる。

それをやらずに静観していることに、心苦しさを感じるのだ。

「きみは、変わらないな」

ふっとダレンが笑みを漏らす。手が伸びてきて、マリーアンジュの頭を優しく撫でた。

「変わらない？」

マリーアンジュはなんのことを言われているのかわからず、ダレンを見つめ返す。

「昔からそうだった。自分のことよりも、国のこと、国民のことを優先しようとする。マリーが十二歳の誕生日のことを覚えている？」

マリーアンジュは無言で首を横に振る。

十二歳の誕生日。何かがあっただろうか。

「誕生日だというのに、きみといったら聖女教育を優先して、朝から郊外の聖堂に出かけてしまい、そこで立ち寄った療養院の人々に祝福を与えて回っていた。そのせいで疲れてしまって、結局、屋敷に戻ったあと熱を出してしまって――」

そこまで聞いて、遠い記憶が呼び起こされた。

八歳から聖女教育と王太子妃教育を受けていたマリーアンジュは、いつも忙しくて自由な時間がなかった。それは誕生日も例外ではなく、大規模な誕生日パーティーは行わずにケーキを用意して家族で祝うだけだ。

けれど、その年はいつも頑張っているマリーアンジュを慰労しようと、両親がちょっとした誕生日パーティーを企画してくれたのだ。

結局主役であるマリーアンジュが体調を崩したことによりその誕生日会は急遽《きゅうきょ》、始まる数時間前に中止となった。翌日、まだ熱でふらふらするマリーアンジュが見たのは、友人達が持参してくれたプレゼントの山だった。

ただ、ダレンだけは翌日にマリーアンジュに直接渡しに来てくれたと記憶している。

『お誕生日パーティー、やりたかったな』

そんな言葉を、漏らしてしまった気もする。

「ダレン様には、昔からお見苦しいところばかりをお見せしてしまっていますね」

マリーアンジュは少々気恥ずかしく感じて、眉尻を下げる。

「見苦しいなどと、一度たりとも思っていないから大丈夫だ。むしろ、きみの抱えている重責を知れば知るほど心配で、支えてやりたいと思った」

「十分に支えていただいております。ダレン様には感謝しています」

「もっと甘えてくれればいいのに」

ダレンは少し寂しげな笑みを浮かべ、もう一度マリーアンジュの頭を撫でる。

「今回の件はマリーが気に病む必要はない。まだ何かが起こったわけではないし、リゴーン地方は地域全体の七割が森だ。直ちに影響は出ないだろう」

「……はい、そうですね」

マリーアンジュは頷く。

ダレンの言う通り、リゴーン地方はそのほとんどが森林に覆われている。どこかで不浄な状態になったとしても、直ちに民の生活には影響は出ないだろう。

「ただ……そうだな。次にその話が出てまたメアリーが我が儘を言っていたら、誰か第三者がいる前で諫言するようにしようか。そうすれば、メアリーもきみを傷つけるような暴力は振るえないはずだし、マリーがちゃんと諫言したという事実を第三者の証言として残せる」

ダレンは隣に座るマリーアンジュの手を握り、今さっき薬を塗り込んだ傷を見る。

「マリーが傷つくのは、俺が嫌なんだ」

「それって――」

どういう意味？

ダレンの横顔がどことなく切なげに見えて、それ以上先を聞くことはできなかった。

◇　◇　◇

メアリーは自分の役目のほとんどをマリーアンジュに押しつけていたが、唯一、そして絶対に代わってもらうことができない仕事があった。

それは、聖女の祈りだ。

「メアリー様。起きてくださいませ」

明るい声が響く。これは、侍女のフローラの声だ。

「ちょっと怠《だる》いの。もう少し寝かせて」

メアリーは布団にくるまったまま答える。

朝は大聖堂で祈りを捧げなければならない。けれど、ここ最近なんとなく体調が優れないのだ。

「まあ、大丈夫でございますか？　お医者様を――」

「大丈夫。前に診てもらったとき、なんともなかったから」

当初は風邪気味なのかと思ってイアンに伝え、すぐに医者に診てもらった。けれど、悪いところはないという。きっと、慣れない生活からくる疲れなのだろう。

「では、大聖堂にはその旨を伝えておきます。少しお休みくださいませ」

フローラはメアリーを無理やり起こすことなく、部屋をあとにした。

結局、その日メアリーが起きたのは日がだいぶ高い位置に昇った頃だった。

「ああ、よく寝た」

よく寝たせいか、体調はだいぶいい。

ベッドサイドにあるベルを鳴らすと、フローラがすぐにやって来た。

「お疲れは取れましたか？」

洗面台にお湯を用意しながら、フローラが尋ねる。

「ええ、だいぶ」

（もうこんな時間。面倒だから、今日の祈りはなしでもいいかしら）

準備をしながらそんなことを考えていると、フローラが「そうだわ」と声を上げる。

「王妃様から言付けです。お時間が遅くなっても、浄化の祈りには行くようにと」

口うるさい人からの伝言に、メアリーの気分は一気に下降する。

「……ほんっと、うるさいわね」

以前はイアンを通して、今はイアンに加えてフローラや他の文官などを通して、シャーロットはいちいち口うるさくメアリーに注意してくる。

（早くイアン様が王様にならないかしら）

そうすれば、自分が王妃になるのに。

メアリーはしぶしぶ大聖堂に行く準備をする。

そして部屋を出ようとしたところで、ちょうどやって来たマリーアンジュと遭遇した。今日は、マリーアンジュが手伝いに来る日なのだ。

「ごきげんよう、メアリー様。今からお出かけですか？」

前方から歩いてくるメアリーに気づいたマリーアンジュが立ち止まり、尋ねた。

「ええ。大聖堂に浄化の祈りに」

「大聖堂に？　今から？」

マリーアンジュはメアリーを見返す。

（何よ。どうして朝行かないのかって言いたいのね）

その澄ました態度に、イラッとした。

元聖女だからって、先輩風を吹かせているのだ。

そのとき、メアリーは名案を思いつく。

マリーアンジュを引き連れて、メアリーが大聖堂で祈りを捧げる。そうすれば、以前はマリーアンジュを聖女だともてはやしていた人間の前で、今や聖女はメアリーでありマリーアンジュは聖女ではないと改めて知らしめることができるのではないか。

（元聖女はしょせん、〝元〟聖女でしかないってことをきちんと教えてあげないと）

メアリーは内心でほくそ笑む。

「ねえ、マリーアンジュ様。マリーアンジュ様も一緒に大聖堂に行きましょう」

「わたくしがですか？」

マリーアンジュは聞き返してきた。

「ええ。さあ、行くわよ」

断られる前にメアリーは歩きだす。

マリーアンジュは一瞬だけ逡巡《しゅんじゅん》するような態度を見せたが、すぐに後ろをついてきた。

メアリーが大聖堂に行くと、礼拝所にはちらほらと人がいた。時間が遅くなってしまったので、一般市民が礼拝に来ているのだろう。

マリーアンジュが大聖堂の中を見回す。

「わたくしはこちらにおります」

マリーアンジュは祭壇から少し離れた、入り口近くの席を指す。

（司教に姿を見られるのが嫌なのね）

祭壇の近くには、三人の司教がいた。司教達は当然マリーアンジュのことを知っているので、元聖女と成り下がった自分の姿を見られるのが嫌なのだろうとメアリーは思った。

（まあ、あとで呼べばいいかしら）

恥をかかせるのは、あとでもできる。メアリーは「わかったわ」と言うと、ひとりで祭壇のほうへ向かった。

「遅くなったわ」

メアリーは祭壇の近くに立っていた司教達に声をかける。

その声に気づいた司教達は一斉にメアリーに目を向ける。

「これは聖女様。いかがなされましたか？」

「遅くなったけど、浄化の祈りに」

「なんと！　ぜひともよろしくお願いします」

司教達は一様に顔を明るくした。

すぐに祭壇の前の場所を空け、メアリーをそこに促す。

その場に居合わせた一般の人々も、「聖女様って言った？」「もしかして聖女様が？」とメアリーのほうを見て口々にさざめく。

メアリーは皆が見守る中、祭壇の前に真っすぐに進み、その場にひざまずいた。

（よく見ていなさいよ。私が聖女よ）

メアリーは両手を胸の前に組むと、頭を下げた。

「光の精霊よ、我々に力を。この地に聖なる光を」

祈りの言葉を口にすると、いつものように直接頭に語りかけるような声が響く。

『力を託されし聖女よ、願いを叶えましょう』

周囲に光が舞い、幻想的な景色を作り出す。

「ママ、見て！　すごいよ」

背後から、はしゃいだような子供の声が聞こえた。

「聖女様の祈りだ！」

祭壇近くの椅子に座る男性は、聖女にまみえた感激で言葉を震わせる。

祈りを終えたメアリーは立ち上がり、悠然と後ろを振り返る。にこりと微笑むと、そこにいる人々は歓声を上げ、感激で涙ぐんだ。

メアリーはちらりと、椅子に座るマリーアンジュを見る。マリーアンジュは相変わらず感情の見えない表情で祭壇のほうを見ていた。

（ほんっと表情が見えなくて、人形みたい。気持ちが悪い人）

わかりやすく悔しそうな顔でもしてくれたら、連れてきたかいがあるというものなのに。

（まあ、いいわ）

自分はこんなにも訪問を心待ちにされ、皆から尊敬の眼差しを受ける存在なのだ。メアリーの自尊心は満たされ、悦に入る。

メアリーはゆっくりと、マリーアンジュのほうへと歩み寄る。

「どうでした？　私の祈りは」

「……とても素晴らしいのではないかと」

一瞬言葉に詰まったように見えたマリーアンジュの様子に、メアリーは満足した。

（きっと、自分の居場所がもうここにはないことに気づいて、動揺しているに違いないわ）

そのとき、「聖女様？」と声が聞こえた。

そこにいたのは、先ほどまではいなかった若い司教だった。

メアリー達のほうを真っすぐに見つめ、目を見開いている。

「聖女様！　お待ちしておりました！」

「そんな、おおげさね」

数時間、祈りの時間が遅れてしまっただけなのに。

思わず笑ってしまいそうになったメアリーだったが、次の瞬間に心が凍りついた。

先ほど叫んだ若い司教を筆頭に、その場にいた司教達が皆、メアリーの横を素通りしてマリーアンジュのもとに行ったのだ。

「心配しておりました、聖女様。ようやく戻ってきてくださったのですね」

「お久しぶりですね。皆様、お変わりなくお過ごしですか？」

いつも澄ました顔をしているマリーアンジュが、口元にわずかに微笑みを浮かべた。

（聖女の私を素通りして、どういうつもり？）

メアリーは拳を握りしめる。

ここにいる司教達は全員、メアリーが祈りを捧げているところに同席していたこともある者達だ。

つまり、彼らは今の聖女がメアリーであると知っていながら、マリーアンジュを『聖女様』

と呼んで駆け寄ったのだ。

（マリーアンジュ様のほうが本物の聖女だって言いたいの？）

はらわたが煮えくり返るとはまさにこのことだ。

メアリーはギリッと奥歯を噛みしめる。

けれど、それは表情に出さずに穏やかな表情を浮かべた。

「マリーアンジュ様には今、私の仕事の補佐を行っていただいているの」

「マリーアンジュ様が、メアリー様のお仕事の補佐を？」

司教達は困惑した表情で、マリーアンジュを見た。

「色々と事情があって、実はそうなのよ」

マリーアンジュがその発言を肯定すると、一番若い司教はわかりやすく落胆した。

「それでは、まだ体調が？」

「いえ、そういうわけではないのだけど――」

言葉尻を濁したマリーアンジュの横から、メアリーは「イアン殿下のご命令よ」と付け加えた。

マリーアンジュはイアンの命令で聖女の地位を失っていると、ここにいる全員に知らしめるためだ。

「行くわよ」

メアリーはまだ話し足りなそうな顔をしている司教を無視して、顎で大聖堂の入り口を指す。

そして、マリーアンジュの返事を聞く前に、歩き始めた。

マリーアンジュはすぐにメアリーの後ろを追いかけてきた。


その帰り道のこと。

メアリーが王宮の回廊を歩いていると、「あら？」という若い女性の声がした。

「マリー様？　マリー様ではございませんか？」

メアリーは声がしたほうを見る。

そこにはどこか見覚えのある人物がいた。シンプルながら上品な薄緑色のドレスを着た、若い女性だ。

（この人、たしか……）

プレゼ王立学園に在学中、マリーアンジュといるところをよく見かけた令嬢だ。

名前はたしか……アビー＝オルコット。名門オルコット侯爵家の令嬢だったと記憶している。

「まあ、アビー！　ここで会えるなんて」

感情を表に出すことがほとんどないマリーアンジュが、珍しく喜色を浮かべる。

「今日はどうしてここに？」

「父が忘れ物をしたので、王宮図書館に寄るついでに届けに来たのです」

「そうなのね。オルコット侯爵にはよろしく伝えて」

「もちろんです」

「それと、先週は楽しかったわ。ありがとう」

（先週？）

メアリーはマリーアンジュが放った台詞に引っかかりを覚える。

先週といえば、すでにマリーアンジュがメアリーの手伝いのために王宮に通い始めていた。

「たくさんお話しできてわたくしも楽しかったですわ。またお誘いしますね」

「ありがとう。またみんなと会えるのを、楽しみにしているわ」

会話するふたりは楽しげだ。

そのやりとりを見ていたら、メアリーは無性にイラッとした。

（何よ。聖女の座を失ってひとり寂しく過ごしているのかと思ったら、楽しそうなこと）

てっきり聖女の座と共に周囲の取り巻きもいなくなると思っていたのに、相変わらずマリーアンジュにはたくさんの取り巻きがいるようだ。

（私にはまだ取り巻きがいないのに）

まるで自分が負けているかのような錯覚に陥り、イライラが募る。

「マリーアンジュ様。こちらのお方、私にも紹介してくださらない？」

メアリーはマリーアンジュに問いかける。

「ええ。こちらはオルコット侯爵令嬢のアビーです。プレゼ王立学園の同窓なのですが――」

アビーの視線がマリーアンジュの横にいるメアリーのほうへ向く。

「ごきげんよう、メアリー様。メアリー様のことは以前より存じ上げていたのですが、お話しさせていただくのは初めてですね。わたくしはオルコット侯爵家のアビーです」

アビーは優雅な所作で腰を折り、メアリーにお辞儀をする。

「ええ、よろしく。ところで、アビー様。私、聖女になったんです」

「……ええ、よく存じております」

アビーは頷く。話の脈絡のなさに、少し戸惑っているようにも見えた。

メアリーはアビーに一歩近づき、耳元に口を寄せた。

「なら、話は早いわ。あなたも貴族として生きていきたいなら、親しくする相手をよく選んだほうがいいわ」

メアリーは体を離し、アビーを見つめるとにこっと笑う。

言外に、『マリーアンジュと仲良くしていると聖女であり将来の王太子妃である私に睨まれるわよ』というニュアンスを含ませて。

アビーはメアリーを見返し、眉根を寄せた。

「どういう意味でしょう?」

「そのままよ。友人は自身を映す鏡のようなものですから」

「……その言葉、肝に銘じておきますわ」

「そうね、そのほうがいいわ。では、ごきげんよう」

メアリーは勝ち誇ったような笑みを浮かべ、私室へ戻る廊下へと歩き始める。マリーアンジュもそれに続いた。

近くに誰もいないことを確認し、メアリーはマリーアンジュのほうを振り返る。

「ねえ。私が忙しくしている間に、あなたは遊びほうけていたの？」

マリーアンジュはメアリーを見つめ、首を横に振った。

「いいえ」

「では、なんでお茶会なんてしているのよ」

メアリーは声を荒らげる。

「取り巻きにちやほやされて、いい気なものね」

「取り巻き？　友人ですわ」

「一緒でしょ！」

こういう、マリーアンジュのいい子ぶったところが、メアリーは大嫌いだ。

内心では自分の引き立て役くらいにしか思っていないくせに、仲のよい友人ごっこをして反《へ》吐《ど》が出る。

「今後も友人でいてくださるといいわね」

メアリーが放った皮肉にも、マリーアンジュは表情ひとつ変えない。

(イライラする)

メアリーは苛立つ気持ちをぶつけるように、乱暴に私室のドアを開ける。

(どうしてこんな女を、みんなして慕っているのよ)

人形みたいに無表情で、なんの面白みもない女なのに。

(でも、今だけだわ)

今はまだマリーアンジュが聖女を引退したばかりだから、周りの人間もこれからどうなるかわからず距離を測りかねているのだろう。

利用価値のなくなった人間など、誰も相手にしないのだから。

◇◇◇

大聖堂から戻ってきたマリーアンジュは、早速今日の作業を始めた。

執務机の端に積み重なる書類を順番に確認して、人知れずため息をつく。

(これ、一昨日《おととい》わたくしが帰ったときの状態からひとつも進んでいないのではなくて?)

理由はわかっている。メアリーは、自分がやらなくてもマリーアンジュがやってくれると思っているからだ。

（まあ、そうなるように仕向けたのだけど）

マリーアンジュは新しく開校するという地方の学校への祝辞を書き終えると、すぐに次の書類へと目を移した。

（あら？）

手にしたのは、クリーム色がかった白い上質紙でできた封筒だ。差出人を見ると、マリーアンジュのよく知る人物の名前が書いてあった。

「クレム大司教から？」

それは、西部のリゴーン地方を統括する大聖堂で奉仕するクレム大司教からの手紙だった。リゴーン地方の中でも外れにある森で不浄の傾向が見られており、早急に浄化をお願いしたいと嘆願するものだ。

（これは、すぐに対応すべきだわ）

クレム大司教から不浄の傾向が見られるので至急で浄化してほしいと頼まれたことなど、マリーアンジュの記憶にある限り一度もない。クレム大司教が言うならばでたらめとも思えないので、きっとそれだけ状況が切迫しているのだろう。

不浄の傾向が見られてもすぐに何かが起こるわけではないが、放っておくと徐々に空気がよどみ、不調を訴える人が多くなる。最悪の場合、生き物が魔物と化したり、流行病で何百、何千もの人が亡くなったりすることだってあり得るのだ。

――不浄の傾向が見られたら優先的にその地域を浄化する。

それは、聖女にとっての鉄則だ。

マリーアンジュはメアリーのほうを見る。メアリーは侍女のフローラに対して何かを指示している最中だった。

(タイミングがいいわね)

一昨日、ダレンは次に諫言する際は誰か第三者がいるときに、と言っていた。フローラであればオルコット侯爵家の息がかかった侍女なので、ちょうどいい。

「メアリー様」

マリーアンジュはその手紙を持って、メアリーのほうへ歩み寄る。

「すぐにお耳に入れたいことが」

「何？　私、今忙しいのだけれど」

忙しいと言うメアリーの手元を見ると、舞踏会やお茶会のお誘いの手紙がたくさん並んでいた。

(司教や領主からの手紙を読む余裕はないのに、どうでもいい舞踏会やお茶会の返事を書く余裕はあるのね)

さっきはマリーアンジュがお茶会をしていたことを批判していたというのに。

どういう思考回路なのだろうと半ば呆れつつも、マリーアンジュはメアリーに用件を告げる。

「西部地区リゴーン地方のクレム大司教から、西の外れに不浄の傾向が見られると知らせがきております」

「西の外れ？」

怪訝な表情で、メアリーは手元の招待状からようやく顔を上げる。

「はい。クリスト伯爵が治めている地域で、広大な森に覆われております。すぐに行くべきです」

「すぐにって？」

「明日にでも出発するのがよろしいかと」

マリーアンジュの言葉を聞いた瞬間、メアリーは顔をしかめた。

「そこ、遠いんでしょ？」

「馬車で二日程度かと」

「用事があるから無理よ」

「用事？」

不浄が広がりつつある地域の浄化よりも優先されるべき用事とはなんだろうか。マリーアンジュは思わず聞き返す。

「用事は用事よ……」

真っすぐに見つめ返すマリーアンジュに対し、メアリーは歯切れの悪い返事だ。

「浄化は順番に行っているから大丈夫。それよりも、まだ残っている仕事があるんでしょ？　そっちを早くやってしまってよ」

「ですが、リゴーン地方は以前、浄化の順番を遅らせた場所です。早急に対応すべきかと」

マリーアンジュはもう一度同じことを進言した。

――パシン！

その瞬間、マリーアンジュの持っていたクレム大司教からの嘆願書が床に落ちた。メアリーが手で払いのけたのだ。

「どういう意味よ。私のせいで不浄が広がったとでも言いたいの⁉」

「そういうわけでは」

「不愉快だわ！　不浄が発生したなら、これまで聖女だったあなたの祈りが足りていなかったからでしょう。それよりも、与えられた仕事をさっさとやりなさいよ。本当に愚図ね」

メアリーは一気にまくし立てると、不機嫌そうにぷいっと顔を背ける。

（かの地に住む民のことを、何も思わないの？）

せっかくの諫言に対して逆に罵られ、マリーアンジュは口を噤む。

フローラがタイミングを計ったかのように、温かい飲み物をメアリーの前に置いた。

「差し出がましいことを申し上げ、申し訳ございません」

マリーアンジュは低姿勢で非礼を詫《わ》び、元の執務机に戻る。

（言うべきことは言ったもの。義理は果たしたわ）

幸いにして西の外れは広大な森に覆われている。たとえ不浄が発生しても、すぐに大きな被害は出ないだろう。


その日の晩、マリーアンジュのもとにダレンが訪ねてきた。

仕事終わりに直接来たようで、きっちりとした宮廷服を着こなしたダレンは心なしか疲れていそうに見えた。

「お茶でよろしいかしら？」

「ああ、ありがとう」

ダレンはマリーアンジュの部屋にあるソファーに腰を下ろすと、襟元を緩めて肩の力を抜いた。

（疲れが取れるハーブティーがいいかしら？）

マリーアンジュはダレンの様子を見ながら茶葉を選び、エレンが用意してくれたお湯を注ぐ。白磁のティーポットの中でハーブが軽やかに揺れるのが見えた。

「お疲れですわね」

「まあね。毎日、頭の痛いことばかりだ」

ダレンはうんざりとしたように息を吐く。その〝頭の痛いこと〟の九割以上はイアンとメアリー絡みだろう。

「だが、そろそろ次のステージに移るべきだ」

落ち着きを払った声がマリーアンジュの部屋に溶ける。

次のステージ。

つまり、今の状態から王座を取るための駒を進めると言っている。

「イアン殿下とメアリーは今、油断している。自分達が適当に物事を放置しても、マリーや俺がなんとかしているからね。だから、この状況を崩そう」

「そうですね。ただ、どのタイミングで『もう手伝わない』と切り出すかが問題だわ。わたくしが王宮に行かなくなったら、イアン殿下とメアリー様は烈火の如く怒って連れ戻そうとするはずよ」

「だろうね。ただ、彼らは非常に外面がいい」

それとこれにどういう関係があるのかわからず、マリーアンジュはダレンを見つめる。

「つまり、周囲に多くの人がいる場でマリーがもう手伝わないことを認めさせればいい。そうだな……今度開催される、エネミー侯爵家の舞踏会はどうだろう？」

たしか、メアリーがエネミー侯爵家の舞踏会に行きたいとイアンにおねだりしているのを聞いた。

エネミー侯爵家はプレゼ国の中でも由緒正しき名門貴族。王族や多くの高位貴族が招かれるので、イアンと一緒にその舞踏会に参加することは、さぞかしメアリーの自己顕示欲を刺激するだろう。

「いい考えだと思いますが、うまくいくかしら？」

「俺に任せろ」

イアンは自信たっぷりにそう言うと、隣に座るマリーアンジュの肩を抱く。

「そうと決まれば、すぐにきみにドレスを贈ろう」

「ドレス？　持ち合わせで大丈夫ですわ」

「駄目だよ。俺の婚約者なんだから。そのときに、殿下にもこの婚約について伝える。そのほうが社交界にも早く広がる」

「相変わらず手堅いですわね」

「失敗は許されないからね」

ダレンは口元に弧を描くと、意味ありげな微笑みを浮かべたのだった。

◇　◇　◇

エネミー侯爵家の舞踏会の日はあっという間にやってきた。

マリーアンジュは侍女のエレンに手伝ってもらいながら、久しぶりの舞踏会参加の準備を整える。

「はい。マリー様、準備ができましたよ」

「ありがとう」

髪の毛を結い上げてもらっていたマリーアンジュは鏡の中の自分を見つめる。ハーフアップにされた艶やかな金色の髪にはマーガレットを模したダイヤモンドの髪飾りが添えられ、毛先は緩く巻かれていた。

濃淡のついた目元、ピンク色に色づく頬、紅を引かれた口元。いつもより少しだけ華やいで見えるのは、しっかりと施された化粧のせいだろうか。

「マリー様。ダレン様がいらっしゃいました」

「ありがとう」

マリーアンジュはエレンにお礼を言うと、ダレンが待つ玄関ホールへと向かう。ダレンは袖や襟元に刺繍《ししゅう》の施された濃紺のフロックコートを着ていた。

階段を下りてくるマリーアンジュに気づいたダレンがこちらを見上げ、目を細める。

「思った通り、マリーに似合っている。……とても綺麗だ」

「ありがとうございます」

社交辞令の褒め言葉とわかっているのに、頬が紅潮するのを感じる。

今日、マリーアンジュはダレンから贈られた淡い青色のドレスを着ていた。

幾重にもドレープが重なる豪華なもので、よく見ると胸元や袖口のレースには髪飾りと同じマーガレットの花が刺繍されている。そして、開いた胸元と耳たぶにも髪飾りと同じく、マーガレットを模したダイヤモンドの飾りがついている。

（ふふっ、素敵だわ）

思い返せば、イアンはマリーアンジュにドレスを贈ってくれたことなど一度もなかった。別に自分で用意できるので困ることもないのだけれど、これはこれで嬉しいものだなと思った。

生まれて初めて婚約者らしい扱いをされて、なんだか胸がむず痒いような不思議な感覚だ。

マリーアンジュに優しい眼差しを向けるダレンはすっと腕を差し出す。

「行こうか」

「はい」

マリーアンジュはダレンの腕に自分の手を添えると、馬車に乗り込んだ。

エネミー侯爵家は王都に大きなタウンハウスを構えている。舞踏会の会場となったのは、そのタウンハウスの一階にある大ホールだ。

「マリー様！　ダレン様」

会場入りすると、すぐに聞き覚えのある声で名前を呼ばれる。振り返ると、友人のルシーがいた。隣には、プレゼ王立学園の先輩であるミハイルの姿もあった。

「ルシー！　ミハイル様！」

マリーアンジュは笑顔でふたりのもとに歩み寄る。

「婚約おめでとう」

「ありがとうございます」

ルシーが隣にいるミハイルを見上げる。ふたりは目が合うと、どちらからともなく微笑み合った。そんなふたりを見ているだけで、ほんわかと気持ちが温かくなる。

舞踏会には懐かしい友人達もたくさんいた。マリーアンジュはそのひとりひとりと挨拶してゆく。

やがて会場には管弦楽の調べが流れ始めた。

舞踏会は和やかに進む。

久しぶりにダンスを踊ると、喉の渇きを覚えた。

「ドリンクを取ってくるよ。何がいい？」

「果実水を」

「わかった。ここで座って待っていてくれ」

ダレンはマリーアンジュを壁際の椅子に座らせると、ドリンクコーナーへと向かう。その後ろ姿を見届けてから、マリーアンジュは周囲に視線を向けた。

その最中、ざわざわっと周囲がさざめくのを感じ、マリーアンジュはそちらを見た。

（あれは……）

人々が道を空けてゆくその先にいる人物をみとめ、マリーアンジュは立ち上がる。

「イアン殿下とメアリー様」

ご機嫌な様子で周囲に愛嬌を振りまいていたメアリーも、マリーアンジュに気づいたようだった。

メアリーは驚いたように目を見開き、隣にいるイアンの耳元に口を寄せる。イアンの視線がマリーアンジュに向いた。

「マリーアンジュ？」

ふたりがこちらに近づいてきたので、マリーアンジュはその場で優雅な所作でカーテシーを披露する。

「ごきげんよう。イアン殿下、メアリー様」

顔を上げると不機嫌そうなイアンと目が合った。

「なぜお前がここにいる？」

「え？」

マリーアンジュは訝しげにイアンを見返す。そんなの、招待されたからに決まっている。

「屋敷で反省していると思えばこんなところで遊びほうけているとは、いい気なものだな」

残念ながら反省することが一切ないので。という台詞が口から出かかって、マリーアンジュはコホンと咳《せき》をする。

「俺がここに来ると知って偶然でも装って会いに来たか？　青色のドレスとは、未練がましいにもほどがある。お前と復縁することは、万が一にもない」

「そんなことはいたしません。わたくしは殿下のことを、なんとも思っておりませんので」

マリーアンジュは思わず、はっきりとした口調で言い返した。

このドレスはダレンから贈られたものだ。

それを、まるでマリーアンジュがイアンに未練があるからわざわざイアンの瞳の色に似せたドレスを着て会いに来たとでも言いたげな発言に、我慢ならなかった。

イアンはマリーアンジュの態度に一瞬怯んだように見えたが、すぐに意地の悪い笑みを浮かべる。

「なるほど。では、傷心の令嬢を装って周囲の気を引く作戦か。お前は、顔だけはいいからな」

「まあ。新しい男性を漁りに来たってことですね？」

イアンの隣にいるメアリーまでもが、おおげさに驚いたような顔をしてマリーアンジュを見る。

「……なんですって？」

ひどい侮辱に、マリーアンジュは低い声で問い返す。

まるでマリーアンジュの身持ちが悪いと印象づけるような発言に、さすがに怒りが湧き起こった。

「お言葉ですが――」

言い返そうとしたそのとき、「マリー」と呼びかける声がした。イアンとマリーアンジュの間に立ち塞がるように、ダレンの背中が見える。

「殿下。私の婚約者を侮辱するのは、殿下とて見過ごせません」

「何？　ダレンの婚約者だと？」

困惑した表情のイアンは突然現れたダレンを見る。ダレンは背後にいたマリーアンジュの手を引くと、その肩を抱き寄せた。

「ええ。先日、マリーアンジュに婚約を申し込みまして、ベイカー侯爵のお許しも出ております。このドレスは私が彼女に贈ったものです。殿下の色ではありません」

ダレンは毅然《きぜん》とした態度でそう告げる。

「なんだと……？」

イアンは全くの初耳だったようで、目を丸くした。どういうことだと言いたげに、ダレンとマリーアンジュを交互に見比べた。

周囲からも「ダレン様とマリーアンジュ様がご婚約？」と声が上がり、ざわざわと場がさざめく。

「ダレン。冗談を言うのはよせ」

「冗談ではありません。私がマリーアンジュにずっと惹《ひ》かれていたので、殿下との婚約破棄を機に結婚を申し込みました。彼女もそれを望んでいると」

ダレンはマリーアンジュに蕩《とろ》けるような視線を向けると、手を取ってその甲にキスをする。

周囲の令嬢から「きゃあっ」と黄色い声が上がる。

まるで恋愛関係にあるかのような振る舞いに、イアンとメアリーを欺くための演技とわかっていてもどぎまぎしてしまう。マリーアンジュの頬は赤くなる。

ダレンはそんなマリーアンジュの頬を愛しげに撫でると、ふっと笑みを漏らす。

そして、もう一度イアンのほうを見た。

「殿下にもお話ししようと思っていたのですが、機を逸していました」

イアンは予想だにしていなかったことに、唖然《あぜん》としていた。そのとき、メアリーが一歩前に出る。

「ダ、ダレン様！　本気ですか？　マリーアンジュ様は私にひどいことをするような人なんですよ？　ダレン様ならもっと――」

目を覚ましてくれとでも言いたげに、メアリーはダレンに言い寄る。

「メアリー様」

ダレンはその言葉を遮るように、メアリーに呼びかけた。

「誰がなんと言おうと、マリーアンジュは私の婚約者です。侮辱するなら、あなたとて容赦は

しません」

「なっ！」

メアリーは屈辱に顔を赤くし、わなわなと肩を震わせる。

「この機会にはっきりとお伝えさせていただきます。マリーアンジュは私と結婚します。それにあたり、ヘイルズ公爵家で女主人としてのことを学んでもらうことになりましたので、明日からはしばらく王宮に行けませんが、ご承知おきください」

「明日!?」

メアリーが素っ頓狂な声を上げる。

「それはいくらなんでも急すぎないか？」

イアンも眉根を寄せる。

「調整に手間取っておりまして、今日スケジュールが決まりました。ご報告が遅くなったことをお詫びいたします。マリーアンジュが残した雑務はもうほとんどないはずですが、彼女がいないと何か困ることでも？」

「……いえ、そんなことは」

ダレンに小首をかしげられ、メアリーは歯切れ悪く答える。

多くの貴族が集まるこの場で『マリーアンジュがいないと仕事が進まないから困る』とは言えないのだろう。

「安心しました。では、そういうことでよろしくお願いします」

ダレンは朗らかに微笑むと、マリーアンジュに視線を向ける。

「今日はもう疲れただろう。そろそろ帰ろうか」

マリーアンジュは戸惑いつつもこくりと頷く。

イアンとメアリーがいるこの場にマリーアンジュがとどまることは、場の空気を悪くするので得策ではない。それに、久しぶりの舞踏会でだいぶ疲れているのも事実だった。

「殿下。では、私はマリーを送るので失礼します」

ダレンは唖然とするイアンとメアリーに軽く会釈をすると、マリーアンジュの腰を抱いてその場をあとにしたのだった。


馬車に乗り込んだマリーアンジュは、車窓から夜の城下町を眺める。

中心地はまだ多くの明かりがついており、酒を飲む陽気な声が漏れ聞こえてきた。

「ダレン様。今日はありがとうございました」

「いや。ドリンクを取りに行くタイミングが少々悪かった。ひとりにしてすまなかった」

「結果的には目的を達成できましたし、きちんと助けてくださったから大丈夫です」

マリーアンジュは微笑む。

あの場にいた多くの貴族は、マリーアンジュがヘイルズ公爵家に嫁ぐための花嫁教育を優先させることをイアンとメアリーが認めたのを見ている。

それに、マリーアンジュが不当な言いがかりで糾弾されていたのも。

成果としては上々だ。

「それよりも、ダレン様こそイアン殿下達にあんなことを言って平気なのですか？」

「あんなこと？」

「その……婚約者を侮辱するのは見過ごせないとか、容赦しないとか……」

なんとなく、言葉尻にいくにつれて声が小さくなってしまう。

まさか、あの場でダレンがあんなふうに庇ってくれるとは思っていなかったので、マリーアンジュは少なからず驚いた。

「ああ」

ダレンはそのことかと声を上げる。

「何も問題ない。マリーアンジュを侮辱する人間は許さないというのは本音だから」

「本音？」

「だって、マリーアンジュはもう俺の婚約者だろう？　婚約者を侮辱されたら怒るのは当然だ。マリーアンジュを一番近くで心配するのは俺の義務であり、権利だ」

ダレンは真剣な眼差しでマリーアンジュを見つめる。

「そうですか……」

なぜだろう。マリーアンジュはまた頬が赤らむのを感じ、咄嗟にダレンから目を逸らした。

視界に入った車窓からは商店の軒先にあるかがり火が見えた。オレンジ色の光で建物が幻想的に照らし出されている。

（婚約者、か……）

ずっと昔からいた婚約者であるイアンは、マリーアンジュのことを庇うことはおろか、気にかけてくれることすらなかった。ダレンと婚約者のふりを始めてからというもの、慣れないことばかりで戸惑ってしまう。

でも――。

どことなくむず痒いこの気持ちは、決して不快なものではない。

「ありがとうございます。とても嬉しかったです」

小さな声でおずおずとお礼を言う。

馬車内の薄暗さはちょうどいい。赤くなった頬を隠してくれるから。

マリーアンジュに見つめられたダレンは少し目を見開き、破顔した。

「どういたしまして」

骨張った手が伸びてきて、優しく髪に触れる。掬い上げられた一房の髪に落とされたキスに、今度は全身が熱くなったような気がした。

◇　◇　◇

舞踏会の翌日、王宮に出仕したダレンを待ち受けていたのは、目尻をつり上げたイアンとメアリーだった。

「ダレン！　昨晩のあれは、いったいどういうつもりだ」

「昨晩のあれとは？」

「マリーアンジュの件だ。あいつはとんでもない悪女だぞ。それを婚約者にするなど――」

イアンが息継ぎもなく一気にまくし立てる。

「そうですわ。ダレン様は騙されているのです」

メアリーもイアンに加勢するように、胸の前で両手をギュッと握ってダレンを見上げてきた。

（騙されている、ねえ……）

このふたりからそんな忠告を受けるとは、なんとも滑稽《こっけい》な話だ。

笑いだしたい衝動を、必死に抑える。

ダレンは感情を一切表面に出さず、横でぎゃあぎゃあとまくし立てるふたりの言葉を半分以上聞き流す。ふたりが一通り言いたいことを言い終えたところで、ようやく口を開いた。

「その件ですが――」

ダレンはにこりと微笑んだ。

「だからですよ」

「「は？」」

何が『だからですよ』なのか理解できなかったようで、イアンとメアリーはふたり揃って怪訝な顔をする。

「殿下によると、マリーアンジュはとんでもない悪女だそうですね。ということは、近くで監視しておかないと殿下のことを逆恨みして何か害をなしてくる可能性があります。そうならないためにも、私が婚約者として彼女の動きを掌握しておくことが得策では？」

交互にふたりを見つめると、ようやくその意味を理解したイアンは表情を明るくした。

「なるほど、そういうことか。ダレンの婚約はあくまでも偽装で、全てはあの悪女の好きにはさせないようにするためだと」

「そうお考えください。これは、マリーアンジュがおふたりに害をなさないためにも必要な処置です。それに、国王陛下と王妃様にもすでにこの婚約の件はお話しし、ご了承を得ています」

ダレンは淡々と説明する。

「そういうことだったんですね。安心しました」

それを聞いたメアリーは途端に表情を明るくし、横にいるイアンに「よかったですね」と笑いかけていた。

そんなメアリーに、ダレンは声をかける。

「ところでメアリー様。マリーアンジュに執務を手伝わせている件で、お話があります」

「な、何？」

メアリーは突然話題を振られ、動揺したように体を引く。

「お話しした通り、マリーアンジュはしばらく手伝いには来られません」

「……それなんですけど、そこまで警戒しなくても平気じゃないかと……」

メアリーはしどろもどろになりながらも答える。

「いいえ。メアリー様に何かあっては取り返しがつきません」

ダレンはぴしゃりとメアリーの意見を否定する。それに焦ったような表情を見せたのはメアリーだ。

「でも、マリーアンジュ様だって根っからの悪人ではないと思うんです」

いかにもマリーアンジュを気遣うような言葉と態度に、イアンは「メアリーは相変わらず優しすぎる」と口をとがらせる。ダレンはそんなふたりの様子を、口元に微笑みを浮かべたまま見守った。

（地位と力を無理やり奪った相手に無償の奉仕を強要させておいて、どの口が言うんだか）

怒りだしたい衝動に駆られたが、喉元まで出かけた罵りの言葉は、すんでのところでのみ込んだ。

◇　アビー＝オルコットの決意

あれは三年ほど前のことだ――。

ある日、王妃であるシャーロットに突然の呼び出しを受けてとても驚いた。

何事かと思い駆けつけた王宮の応接室には、すでに何人かの人がいた。アビーもよく知る、プレゼ王立学園の友人達だ。

そしてその中心には、ここ最近体調を崩して学園を休みがちなマリーアンジュの姿があった。

『マリー様！　お体のお加減は大丈夫なのですか？』

アビーは思わずマリーアンジュに駆け寄る。

『アビー。今日は来てくれてありがとう』

マリーアンジュはアビーの顔を見て、微笑む。けれど、その笑顔はどこか儚《はかな》げで、はた目から見ても明らかに顔色が優れない。

『まだ体調が優れないのでは？』

心配するアビーに対し、マリーアンジュは『大丈夫よ』と気丈に微笑む。

そうこうするうちに、今回の招集を行ったシャーロットが現れる。

『皆さん、よく来てくださいました。今日来ていただいた皆さんは、わたくしとマリーで相談して選定しています。皆さんが来ることは、皆さんのお父上にもわたくしから直接お伝えしているわ』

最初に切り出したその台詞の仰々しさで、これが何か重大な用件を伝えるための特別な会であることは容易に想像できた。ただのお茶会に招待するために父親に直接話すというのは、考えにくいからだ。

『今日皆さんに集まっていただいたのは、マリーを手伝ってほしいからなの。代理聖女を引き受けてもらえないかしら?』

シャーロットは切り出す。そして、今日集まった参加者にその趣旨を話し始めた。

『……代理聖女?』

初めて聞く言葉に、集められた一同は顔を見合わせる。

マリーアンジュに聖紋があり、彼女が聖女であることはみんな前から知っていた。

シャーロットの話は、そのマリーアンジュを助けるためにここにいるメンバーに時々聖女の代わり――代理聖女をしてほしいというものだった。

『そんな大役、わたくしにできるのでしょうか?』

アビーの隣に座る、友人のルシーが不安そうな声を上げる。

ルシーの心配はもっともだった。だって、アビーやルシーを含むここにいるメンバーは全員、ただの貴族令嬢でしかないのだ。

聖女の責任は重大だ。

聖女に五穀豊穣や災害を事前防止する能力があることは、この国の国民であれば誰でも知っている。そして、最も重要な聖女の役目は国土の浄化を行うことだ。

どこからともなく自然発生する瘴気を浄化しないと不浄が広がりやがて災いになるということは、プレゼ王立学園の歴史学の授業でも教えられる。

そんな重大な責任を負う聖女を、自分達が代理でできるとは思えなかったのだ。

『大丈夫。マリーだって、普通の令嬢よ。ある日突然、聖紋が現れただけなのよ』

シャーロットの言葉にハッとした。

マリーアンジュはシャーロットの隣で背筋を伸ばして座っているが、その顔色はひどく悪い。

シャーロットによれば、これは日々祈りを捧げることによる度重なる神聖力の放出で、体に負担がかかりすぎているせいだという。

『わたくしでよろしければ、喜んでお手伝いさせていただきます』

たったひとりでずっと重責を負ってきた友人を思い、胸が痛んだ。だから、その台詞はアビーの口から至極自然に出た。

それはこの場にいた他の友人達も同じだったようだ。

『わたくしもお手伝いいたします』

『わたくしも』

次々と声が上がり、その場にいた令嬢全員が手をあげる。

その日、アビーはただの貴族令嬢から、聖女の代理役になったのだ。


初めて代理聖女をした日のことは、よく覚えている。

マリーアンジュに手を握られ、彼女が手を離したときには自分の手に聖紋が現れていた。

ただし、それは非常に薄い。全ての力を与えてしまうと代理聖女に負担がかかりすぎてしまうため、一部の力しか託していないからだという。

ただ、それですらアビーにとってはかなりの負担だった。

聖堂に行って司教達に促されるままに祈りを捧げると、不思議な声が応える。それと同時に体から何かが抜け落ちるような、これまで経験したことのない疲労感が襲ってきた。

代理聖女として祈りを捧げた日は、そのままベッドに直行してぐっすりと眠ってしまうほどだ。

『マリー様はこれを毎日？』

『はい。毎日です。これに加え、五穀豊穣や災害が起こらないようにする祈りもしておりますし、王太子の婚約者としての務めもなさっています。さらに、マリーアンジュ様は〝祝福の聖女〟ですので――』

司教は言葉を濁す。

その様子を見て、大体を察した。

マリーアンジュは祝福を与えるときも、自らの神聖力を使い続けているのだ。

聖女の祝福を欲しがる人は多い。それら全部に応えていては、マリーアンジュの体が壊れてしまう。

『アビー。あなたに負担をかけて、ごめんなさい』

アビーが代理聖女をするたびに、マリーアンジュは申し訳なさそうな顔をしてそう言った。

『大丈夫ですわ。わたくし、マリー様のお力になれて嬉しいんですよ』

その言葉に偽りはなかった。

あの華奢《きゃしゃ》な体でどれだけの負担を強いられてきたのだろう。その重責は、想像を絶する。

（マリー様をしっかり支えていかないと）

アビーは胸の前で手を握ると、そう決意した。

マリーアンジュなら間違いなく素敵な王妃になる。

そう信じて疑っていなかった。

それなのに――。

『マリーアンジュ＝ベイカー！　お前との婚約を破棄する！』

プレゼ王立学園の卒業記念パーティーでイアンがそう言うのを聞いたとき、心底驚いた。

しかも、悪行としてあげつらっていたのは全て言いがかりだ。

――生徒達を注意していたのは生徒会の委員として、模範を示すため。

――メアリーからのお茶会参加の希望を断っていたのは、代理聖女を行っている令嬢達との打ち合わせで彼女を入れるわけにはいかなかったから。

――祝福を希望する人に断りを入れていたのは、神聖力の枯渇でその後の仕事に影響が出る可能性があったから。

そんなこと、王太子であるイアンであれば容易に想像がつきそうなものなのに、イアンは事もあろうにその言いがかりを吹聴した令嬢に陶酔し、先陣を切ってマリーアンジュを責め立てている。

本来であれば、マリーアンジュの一番の理解者でなければならないはずの人なのに。

この人が未来の君主なのだろうかと、心の底から失望した。

だから、エネミー侯爵家の舞踏会でダレンがマリーアンジュと婚約したと宣言したのを聞いたとき、心が震えるのを感じた。

聖女を娶るのは国王となるもの。

（王座を取りに行かれるのですね？）

口にはしないけれど、ダレンのその決意を感じ取る。

この場にいる多くの貴族は『聖女はメアリーになっている』と思い込み、この宣言の意図を正しく理解できていなかったが、これは事実上の宣戦布告だ。

ならば、アビーをはじめとするオルコット侯爵家は全力でそれをサポートするまでだ。

（それにしても……）

先ほどの舞踏会で見た、ダレンとマリーアンジュの様子を思い返す。

マリーアンジュは気づいているだろうか。彼女を見つめるときの、ダレンの甘く優しい眼差しに。

ダレンは在学途中に飛び級でアビー達と同じ学年に上がってきた。プレゼ王立学園で肩を並べたけれど、アビーが知る限りダレンがあの眼差しを向けるのはマリーアンジュに対してだけだ。

一方のマリーアンジュは舞踏会中、時折頬を赤らめてはにかむような笑顔を見せていた。あの笑顔も、マリーアンジュがイアンに決して見せることがなかったものだ。

（お似合いのふたりね。どうか、うまくいきますように）

ひとりの友人として、マリーアンジュの幸せを祈った。

◆ 第四章　破滅の足音

舞踏会後のマリーアンジュの日常は、穏やかなものだった。

時間はたっぷりある。友人達とお茶をしたり、本を読んだりと自由気ままに過ごしていた。

王宮に行かないことで、今メアリー達がどういう状態なのだろうと心配になることは確かなのだが、マリーアンジュの作戦にはこれも必要な過程。それに、ダレンから大体の状況は教えてもらっている。

そしてこの日の夕方、マリーアンジュはダレンに誘われて人気の管弦楽団の演奏会に出かけることになっていた。

「ねえ。ちょっと可愛らしすぎるのではないかしら？」

マリーアンジュは用意されたドレスを見て、侍女のエレンに問いかける。

今日のためにとエレンが用意してくれたのは、淡いピンク色のドレスだった。至る所にリボンやレース飾りなどが施され、可愛らしいデザインをしている。

「そんなことはありません。マリーアンジュ様にとってもお似合いですわ」

エレンはそのドレスをマリーアンジュに押しつけるように差し出し、にこりと笑顔を見せる。

（エレンって、時々妙に強引なところがあるのよね）

特段それで実害があるわけではないから構わないのだけれど、今日はずいぶんとこのドレスを推してくるので戸惑ってしまう。

結局、他に着たいドレスがあったわけでもないので、マリーアンジュはエレンに従いそのドレスに袖を通した。

ダレンがマリーアンジュを迎えに来たのは、約束の時間から五分ほど遅れた頃だった。

「待たせたかな？」

袖や襟に刺繍がされた灰色のフロックコートを着たダレンは、心なしかいつもより華やいで見える。

「いいえ、大丈夫です」

マリーアンジュは小さく首を振る。

ダレンはマリーアンジュの顔をじっと見つめ、次いで足下からゆっくりと視線を移して最後にもう一度、彼女の顔を見つめた。

「そのドレス、すごく似合っているよ。いつもと雰囲気が違っていてこれもいいね。今日もとても綺麗だ」

にこりと微笑みかけられ、胸がドキッとした。

「あ、ありがとうございます」

ただのお世辞だとはわかっていても、妙に気恥ずかしく感じて頬が赤くなる。

イアンはマリーアンジュに対して『綺麗だ』と褒めてくれることはなかった。たった一言なのに、こんなにも嬉しいものなのかとマリーアンジュは内心驚く。

(このドレスにしてよかった)

可愛すぎるのではないかと心配したけれど、ダレンの反応を見る限り大丈夫だったようだ。

ふと視線をずらすと、部屋の端に控えるエレンとばっちり目が合う。エレンはマリーアンジュを見て、パチッとウインクをした。

(エレンったら……っ!)

なんだか自分の気持ちを見透かされている気がして、気恥ずかしい。

演奏会は、プレゼ国では最も格式高い劇場で行われる。

この劇場は三代ほど前の聖女——『癒しの聖女』が国民に音楽や演劇などの芸術を愛でる喜びを知ってもらいたいと建てたもので、王宮にも引けを取らない豪華絢爛さを誇る。

聖女教育で学んだ知識によれば、癒しの聖女は音楽を奏でることにより、それを聞いた人々の不安を拭い安息をもたらす強い癒しの能力を持っていたという。

「ここに来たのは、久しぶりだわ」

本当に、いつ以来だろう。最後に劇場に行ったのは、たしか十二歳のときに両親に連れられていったオペラだった気がする。

子供向けの演目で、音楽も歌も演技も全てが素晴らしくて、終わったあともしばらくはその世界に浸っていたのを覚えている。

「『眠りの竜と姫』だっけ？」

ダレンの言葉に、マリーアンジュは驚いて目を見開く。

「どうして……」

「昔、言っていた。オペラを見に行って、とても楽しかったと。きみには珍しく目を輝かせて興奮気味だったから、よっぽど楽しかったのだろうなと思ったのを覚えている」

「そうでしたか」

そんなこと、あっただろうか？

でも、ダレンがそう言うなら、そうなのだろう。きっと、両親と行ったそのオペラが楽しすぎて、会う人会う人に話していたに違いない。

「あの頃のきみは感情がよく表に出て、とても可愛らしかった」

「可愛い？」

「ああ。今も変わらず愛らしいけどね」

「それはどうも……」

マリーアンジュはもごもごと小さな声でお礼を言う。

（ダレン様って、こんなふうに女性と接するのね）

今まで、マリーアンジュはイアンの婚約者であり、ダレンはそのイアンの側近という立場だった。仲は悪くなかったと思うけれど、こんなふうに気安い態度では接していなかったので、知らなかった一面にどぎまぎしてしまう。

にこりと微笑むダレンがお世辞で言っているのか本気で言っているのかがわからず、マリーアンジュは反応に困った。

「マリー？　困っている？」

「なんでそう思うの？」

気持ちを言い当てられて動揺したけれど、マリーアンジュはつとめて平静を装いダレンに問い返す。

「なんとなく」

くすっと笑うダレンに見つめられて、胸の音がまたうるさくなった。

演奏会は期待通りの素晴らしいものだった。

この管弦楽団はプレゼ国では最高の楽団と呼ばれており、有力貴族のパトロンも多い。マリーアンジュが知っている曲もたくさん演奏されていた。

「ダレン様、今日はありがとうございました」

「どういたしまして。息抜きになったならよかったよ」

「最近息抜きばかりしていて、聖女の生活に戻れなくなってしまいそうで心配しております」

「そうしたら――」

ダレンは少し考えるように宙に視線を漂わせ、マリーアンジュを見つめる。

「ふたりで一緒に、どこかに逃げようか」

「え？」

自分を真っすぐに見つめる眼差しが真剣に見えて、マリーアンジュは戸惑った。

（ふたりで……逃げる……？）

どういう意味だろうか。マリーアンジュはプレゼ国の正当なる聖女であり、ダレンは次期国王であるイアンの側近。

（国を捨てて、駆け落ちしようってこと？）

どういう意味か考えあぐねて何も答えられないマリーアンジュに対して、ダレンはにこっと微笑みかける。

「というのは冗談だ」

「ええっ？」

あまりの急展開にマリーアンジュは呆気にとられてダレンを見返す。ダレンはまた、何を見つめるでもなく宙に視線を投げる。

「こんなのんびりとした時間がずっと続けばいいのだがな」

聞き取れるかどうかの小さな声でつぶやかれた言葉。まるで、遠い未来への憧れのようにも聞こえた。

「だが、そういうわけにもいかない。名残惜しいが、マリーが聖女に戻れるように少しずつ準備しないとだな。おそらく、そう遠くない」

ダレンの言葉を聞き、マリーアンジュは気が引き締まるのを感じた。

――おそらく、そう遠くない。

その言葉が意味するところは、近いうちにメアリーが新聖女の立場を退き、イアンを王太子から転落させるということだ。

（気を引き締めないと）

――聖女たるものは、国民の幸せを第一に考えよ。

何度も教え込まれた教えをもう一度思い返す。

――けれど、もしも自分が聖女でなかったのなら……。

自分にも人並みの幸せな恋愛と結婚生活が許されたのだろうか。先日の舞踏会で見たような、ルシーとミハイルのような。

（わたくしったら、バカね）

ありもしない未来を夢想してしまうなんて。

こんなことを考えてしまったのは、ここのところ息抜きしすぎてしまったせいだろうか。

◇◇◇

王宮の一室に、陶器が割れる大きな音が響く。

「私はちゃんとやっているわ。もう、朝から晩までくたくたよ。これ以上、どうしろって言うの！」

「しかしながら、これはメアリー様の仕事だと王妃様がおっしゃっております」

「仕事の割り振りがおかしいわ！」

ヒステリックな金切り声が響く。

そのとき、騒ぎを聞きつけたイアンが部屋に現れた。

「いったい、なんの騒ぎだ？」

イアンの登場に気づいたメアリーは、ハッとする。

今さっきまでの烈火の如き怒りがまるで嘘のようにしおらしくなると、イアンの胸に飛び込んだ。

「イアンさまぁ。聞いてください。私はこんなに頑張っているのに、この人達が次から次へと仕事しろ仕事しろと言ってくるんです。そのせいで殿下にも全然会いに行けないし……。なんとかしてください！」

「いったいどうなっている」

イアンはメアリーを抱きしめると、責めるように周囲の者に目を向ける。そこにいた大聖堂の司教達は困ったように眉尻を下げた。

「恐れながら、聖女様による浄化が間に合っておらず西の外れに不浄の傾向が見られます。このままでは魔物が出る可能性もあります」

「メアリーは聖女になったばかりだ。慣れないことも多い。お前達でなんとかできないのか」

「浄化の力は、聖女様にしかありません」

ここにいる中で最も高位の司教——教皇が一歩前へ出て、首を横に振る。

教皇はプレゼ国において、宰相と並ぶほどに権威のある職業だ。その教皇に諭されて、イアンは眉根を寄せた。

「マリーアンジュは？」

「マリーアンジュ様はメアリー様に聖女のお力を全て託されたとお聞きしましたが？」

教皇に逆に問い返され、イアンは舌打ちする。

「では、他国に聖女を貸してほしいと——」

「いけません」

すぐに背後から、ぴしゃりとそれを否定する声がした。イアンの側近であるダレンだ。

「聖女を貸してほしいなどと他国に頼めば、我が国の聖女がなんらかの問題を抱えていると周辺国に明かすようなものです。取り返しのつかない弱みを握られるだけでなく、今後の交渉時に恩を着せられる可能性があります」

イアンはぐっと押し黙る。ダレンの言うことは的を射ていた。

聖女がいるのは、何もプレゼ国だけではない。ただ、どの国でも極めて貴重な存在であることは変わらず、聖女が余っている国など存在しない。

もしプレゼ国の聖女に問題があるなどと知られれば、浄化ができず国力が落ちたところを一気に奇襲される可能性だってあり得る。

「……そうだ、聖女ならもうひとりいる。母上だ！」

しばらく黙り込んでいたイアンは名案が思いついたとばかりに顔を上げる。

メアリーに浄化できないなら、もうひとりの聖女であるシャーロットに代わってもらえばいい。

「恐れながら殿下。王妃様はメアリー様が聖女になられてからもう三カ月近く、自分の役割以上のことを果たしていらっしゃいます」

ダレンはまたもや、その案には同意しかねると諫言した。それに同調するように、教皇や司教達も全員が頷く。

「今王妃様に過度な仕事を負担させることにより、万が一にでも倒れられたらそれこそ一大事です。ここは、メアリー様がすべきかと」

「そのメアリーがこれ以上は無理だと泣いているんだ」

怒りに満ちた言葉にも、ダレンは何も言わずにイアンを見返すのみだ。

「もうよい。この役立たず共が！　俺が直接、母上に話す」

イアンは憤慨してそう言うと、部屋を出る。その足でシャーロットのもとへと向かった。


イアンがシャーロットの部屋に到着したとき、彼女は執務机に向かい、何かを書いているところだった。

前触れのないイアンの登場に、シャーロットの形のよい眉がわずかに寄る。

「事前の連絡もなしに、いったい何事です」

「母上。メアリーが聖女の役務に疲弊し、疲れ果てております。ご助力ください」

イアンは、自身の母親であり聖女でもあるシャーロットにそう訴える。シャーロットはペンを持っていた手を止めると、扇で口元を隠して目を眇《すが》めた。

「最近、妃教育も止まっているわね。それに、聖女として確認すべき書類の確認作業も、細々とした雑務も。それだけ休んでおいて、疲弊している？　とても不思議議ね」

シャーロットの厳しい指摘に、イアンは押し黙る。

メアリーは聖女としてこなすべき執務のうち、浄化の祈り以外のほとんど全ての仕事をマリーアンジュに押しつけていた。そのマリーアンジュが王宮に来なくなってしまったので、執務が滞っているのだ。

「イアン」

「はい」

「この国には現在、聖女はふたりいます。王妃であるわたくしと、将来の王太子妃です」

「……存じております」

「わたくしに聖紋が現れたのは七歳の頃だったわ。突然王宮に連れていかれて、先代の王妃様のもとで聖女としての役目を徹底的に叩き込まれた。休みなんて一切なかったけれど、先代の王妃様と当時はまだ王太子だった今の国王陛下がいつも『ありがとう』『きみはよくやってくれている』と励ましてくれて、なんとか自分を叱咤《しった》して頑張ってきたの」

なぜ急にシャーロットが昔話を始めたのかがわからず戸惑ったものの、イアンは黙ってその言葉に耳を傾ける。

「そして、十年前に今度は次代の聖女としてマリーアンジュに聖紋が現れた。初めて王宮に連れてこられたときのマリーアンジュの不安そうな顔を、わたくしは今も昨日のことのように憶《おぼ》えているわ。あの日からあの子は、ひとりの侯爵令嬢としての幸せを捨てて、聖女として生きる道を歩み始めたの」

「母上、今はマリーアンジュではなくメアリーの話を――」

「お黙りなさい。あなたは今まで、マリーアンジュに対して感謝を示したことがあって？　聞けば、『聖女なのだからこれくらいはやって当たり前だ』と言っていたらしいじゃないの」

イアンはカッとなって、顔を赤くする。

「いったい誰がそんなことを！　侍女ですか？　それとも、ダレンが⁉」

「誰が言ったかなんて、どうでもいいのよ。あなたが想像するよりずっと多くの人から、同じことを聞いているのだから」

「な……っ！」

イアンはシャーロットの言葉に絶句する。シャーロットはイアンの顔を一瞥《いちべつ》すると、ふうっと息を吐く。

「マリーアンジュはこれまで、本当によくやってくれました。ちっとも自分を顧みないあなたに一切文句を言うこともなく、黙々とひとりでこなしてきたの。わたくしが、あなたがすべき仕事まであの子に押しつけていたことを気づかなかったとでも思って？　何度も注意したのに、『大丈夫です』と言って聞き入れなかったわね？」

「それは――」

イアンは表情をゆがめる。

確かにシャーロットの指摘はその通りだったが、当時はマリーアンジュがそんなにたくさんのことをこなしているとは知らなかったのだ。もしそれを言ってくれれば、自分だって手伝った。

「もし、一言言ってくれさえすれば――」

イアンがそれを口にすると、シャーロットはふふっと楽しげに笑った。

「もし一言言ってくれさえすれば自分も手伝ったですって？　面白いこと言うのね。これまで数えきれない人達が、あなたに諫言していたのに。イアン、よく聞きなさい。あなたの考えはまるで間違っていて、真逆なのよ。あなたがずっと、マリーアンジュに手伝ってもらっていたの」

言葉に詰まるイアンの前で、シャーロットは悩ましげに眉を寄せる。

「それに対して、あの子はマリーアンジュのやっていたことの十分の一もやっていないわ。それに、王室に嫁ぐための花嫁教育も『疲れている』の一点張りで全く進んでいない」

「それはメアリーが、まだ慣れていないせいでっ！」

イアンは咄嗟に反論する。

「お黙りなさい」

王妃の低い声が部屋に響く。

これまでの人生で一度も聞いたことがないほどの、凍てついた声だった。

「今わたくしがやっているこの作業も、本来であればあなた達の仕事です。あなたとメアリーの卒業祝いに対するお礼状を、なぜわたくしが書かねばならぬのですか？　通常であれば考えられないわ。あなた、ご自分でやったらどう？」

「私は最近執務が増えて――」

「増えていません。さっきも言ったけれど、マリーアンジュがあなたの分までやってくれていたのです」

王妃はぴしゃりとそう言いきると、イアンを見つめた。

「イアン。国王となるものは聖女を娶るもの。一人前に自分の役目を務められるようにならない限り、彼女に聖女を名乗る資格はありません」

「母上っ！」

「あなたには本当に、失望したわ。……下がりなさい」

シャーロットからの憐《あわ》れみにも似た眼差しを受けて、イアンは呆然と立ち尽くすことしかできなかった。

◇◇◇

マリーアンジュが再び王宮に呼び出されたのは、舞踏会から一カ月ほど経った頃だった。

今しがたダレンによって届けられたばかりのイアンからの手紙を、マリーアンジュは眺める。

婚約期間中は一切届くことがなかった手紙だが、皮肉なことに婚約破棄してからは頻繁に届き始め、今やほぼ毎日だ。

内容はいつも同じ。メアリーが困っているから助けてほしいという依頼だ。

最初こそ【手伝え】という命令口調だったが、マリーアンジュが言うことを聞かないのでだんだんと丁寧な文章に変わり、今では【どうか手伝ってやってほしい】という懇願に近い言い方だ。

それが今日は、【王宮に至急来てくれ】という一言が添えられていた。

（そろそろ連絡がくる頃だと思っていたわ）

マリーアンジュがメアリーに聖女の力を全て託してから、すでに三カ月以上が過ぎた。いくらメアリーの神聖力が多いといっても、しょせんはただの人間だ。毎日のように祈りを捧げれば、自身の神聖力が枯渇してくる頃だろう。

「行くのか？」

マリーアンジュの正面に座り、ゆったりと紅茶を楽しんでいたダレンがこちらを見る。

「ええ、そのつもりよ」

マリーアンジュは手紙が入っている封筒をダレンに見せる。上質な封筒の中央には、金箔の貼られたエンボス加工の王家の紋章があった。

「面倒なことになっていなければいいけれど」

「残念だが、もう面倒なことにはなっている。祈りを捧げようとしないメアリーに対して、本当は聖女の力を持っていないのではないかと一部の人間が疑いを持ち始めている。イアン殿下はその疑惑を払拭しようと必死だ」

「そんなところだろうと思った」

マリーアンジュは小さく息を吐く。

「助けてやるのか?」

ダレンはマリーアンジュの様子をうかがうように、じっとこちらを見つめる。

「まさか」

マリーアンジュは口の端を上げる。

「でも、そろそろわたくしが聖女に復帰しないと、プレゼ国に災いが起きても困るでしょう?」

「それは同感だ」

ダレンもにんまりと口の端を上げた。


翌日はあいにくの雨だった。

大粒の雨が降り注ぐ景色を眺めながら、マリーアンジュは王宮へと向かう。馬車を降りると、事前に言づてされていたようで、すぐにイアンの従者が現れ部屋の前まで案内された。

「マリーアンジュでございます」

マリーアンジュは少し大きく声を張り、ドアの向こうへ話しかける。

「……入ってくれ」

ぎりぎり聞き取れるかどうかのか細い声が聞こえ、マリーアンジュはドアを開ける。部屋は明かりが点けられておらず、昼間でも薄暗かった。

「殿下？」

ソファーに座って項垂《うなだ》れているイアンに話しかける。

「西の外れの森に魔物が現れたんだ――」

イアンはマリーアンジュを見ると、青い顔をして開口一番にそう言った。

「魔物が？」

マリーアンジュは驚いて、イアンを見返した。

（昨日ダレン様に会った際は、そんなこと言っていなかった。急激に不浄が広がっているんだわ）

聖女の浄化が間に合わず瘴気が濃くなると、森の動物達が魔物化することがある。

魔物化した動物は凶暴性が増し、人を襲うことも多い。それに、魔物の出現は凶兆の始まりだと言われている。

故に、聖女がそうならないように浄化を行うのだ。

（西の外れの森ということは、これまで嘆願がきていたあの場所ね。たしか、一番瘴気が濃かったのは、人里からはかなり離れた地点だったはず……）

マリーアンジュは目まぐるしく頭を回転させる。

これが町の近くであればすぐにでも浄化に行く必要があるが、西の外れの森であればもう少し時間の猶予があるはずだ。

イアンが立ち上がり、マリーアンジュの両肩を掴む。

「頼む。メアリーを助けてやってくれ！　彼女はもう限界なんだ」

詰め寄ってきたイアンに肩を揺すぶられ、乾いた笑いが漏れる。

（この方、今さら何を言っていらっしゃるのかしら？）

元々聖女でない人間に大きすぎる力を与えれば、その力に耐えきれず体に変調をきたすことなど、容易に想像できた。

聖女のことについて一通り学ぶ王族であれば、知っていて当たり前のことだ。

（本当に、全部わたくしに押しつけて聖女について何も勉強してなさらないのね）

呆れるのを通り越して、もはや何も感じなかった。

「お願いだ。マリーアンジュはこれまで何年も聖女としてやってきたんだから、この西の森の浄化もできるんだろう？」

イアンは縋るような目で、マリーアンジュを見つめる。

「マリーアンジュはいつもなんとかしてくれたじゃないか。今回も――」

重ねて懇願され、マリーアンジュの心は揺れる。

イアンの言う通り、マリーアンジュはこの窮地を救う方法を持っている。メアリーに移している聖女の力を強制的に自分に戻して、マリーアンジュが浄化を行えばいいのだ。

魔物が現れたと聞き、真の聖女として一刻も早くこの状況を解決してやりたい衝動に駆られた。

（いいえ、駄目よ）

しかし、マリーアンジュは甘くなりそうな自分を叱咤した。

もしここでイアンとメアリーを助ければ、メアリーは今後、事あるごとに今以上にマリーアンジュを頼るようになるだろう。そのくせ、聖女であることには貪欲に執着するはずだ。

それが国の繁栄と民の幸せに繋がるかと言われれば、答えは〝否〟だ。

――聖女たるものは、国民の幸せを第一に考えよ。

マリーアンジュはその教えに従う。

真っすぐにイアンを見返し、首を横に振った。

「殿下。残念ですけど、それはできかねます」

「……なんだと？」

断られるとは露《つゆ》にも思っていなかったのだろう。イアンは眉をひそめる。

「だって、わたくしの聖女の力はその全てをメアリー様に託してしまいました。殿下がそうしろと命令したではありませんか。わたくしに今、浄化の力などありません」

「そんな……」

イアンが絶望したような顔をする。

「なんとかしろ！」

「なんとかと言われましても。これは、殿下とメアリー様が望まれたことではないですか」

「くっ……！　お前、それでも人間か！　メアリーが可哀想だとは思わないのか！」

先ほどとは態度を一転させ、イアンは口汚くマリーアンジュを罵る。

（どの口が言うのかしら）

これまでマリーアンジュがどれだけ努力してきたか、そのほんの一部すら知らないくせに。正確に言えば、周りがどんなにそれを伝えて諭そうとしても、『聖女なのだからつらくても努力するのは当然だ』と言って知ろうともしなかった。

「全く思いません。だって、聖女なのだからつらくても努力するのは当然だとおっしゃったのは殿下ではありませんか。ご自分で望んだことなのだから、ご自分で尻拭いしてくださいませ」

マリーアンジュは冷ややかにそう言う。

「なんて女だ。見損なったぞ！」

イアンがバシンと目の前のテーブルを叩き、マリーアンジュを睨みつける。叩いた拍子に紅茶がこぼれ、テーブルに茶色い水たまりを作った。

「どうとでもおっしゃればいいわ。だって、わたくしは〝悪女〟なのでしょう？」

にこりと微笑むと、マリーアンジュは優雅に立ち上がりその場をあとにする。

呆然と立ち尽くすイアンを、振り返ることはなかった。

◇◇◇

「くそっ！　どうすれば！」

マリーアンジュが立ち去ったあと、イアンは苛立ちから頭をかきむしった。

こんなはずではなかった。マリーアンジュからメアリーに聖女の力を移し、メアリーが聖女兼王太子妃となる。そして、誰からも祝福されながら理想の王太子夫婦となり、ゆくゆくは歴史に名を残すような国王夫妻に――。

つい数カ月前まで思い描いていた未来と、今の状況が違いすぎる。

イアンにも、今の状況は非常にまずい方向に動いているとわかった。

（まさか、マリーアンジュが助力を拒むとは……）

最後はマリーアンジュがなんとかしてくれると思っていたイアンの目論見は、見事に外れた。

なんとかしないと取り返しがつかなくなるという嫌な予感が抑えられない。

そのとき、トントントンとドアをノックする音がした。

「失礼します」

掛け声と共に部屋に入ってきたのはダレンだ。

「ご依頼されていた書類ですが、処理を終えましたのでこちらに置いておきます」

「ああ、助かる」

マリーアンジュ不在により増えたイアンの仕事は、今はダレンが代わりにこなすことでなんとか回っているような状態だ。この書類も、本来であれば王太子が行うべきものだった。

ソファーに座って項垂れていると、ダレンが近づいてきた。すぐそこに立つダレンのピカピカに磨かれた革靴が、視界の端に映る。

「どうした?」

イアンは座ったまま、ダレンを見上げる。

「各地から、聖女様に浄化にいらしてほしいという陳情が増えております。どうなされますか?」

シャーロットは王妃という立場上、気軽に各地を訪れて浄化を行うことは難しい。この『聖女様』がメアリーを指していることは明らかだ。

「どうもこうも、今のメアリーが各地を浄化して回れると思うか?」

「まあ、難しいでしょうね」

落ち着き払ったダレンの返事に、イアンははっと乾いた笑いを漏らす。

八方塞がりとはこのことだ。

「しかし、今のままの状態を放置することはできません。もしメアリー様がこれらの要請に一切応えなければ、王室は地方を顧みることはなく切り捨てているという不満を国民に燻《くすぶ》らせることになります。また、メアリー様は本当に聖女なのかと疑われることに――」

「わかっている！　わかっているが、どうしようもないだろう！」

イアンはダレンの鋭い指摘にうまく切り返すことができず、その苛立ちからテーブルをバシンと叩く。その勢いで、積み重なっていた書類が崩れて一部が床に散らばった。

ダレンは落ち着いた様子で床に落ちた書類を拾い上げ、それらをテーブルに戻す。

「では、こんなアイデアはいかがでしょうか？　今一番問題が大きいリゴーン地方の西の外れの森にターゲットを絞り、そこにイアン殿下とメアリー様が直々に出向くのです」

「出向いてどうするんだ」

イアンは怪訝な顔をした。

「もちろん、浄化をするのです。聖女の浄化の力は祈りを捧げた場所から近ければ近いほど効果が強く現れます。現地で祈りを捧げれば、きっと浄化もうまくいきます。それに、わざわざ出向いたことにより対外的に『王族は国民を見捨ててはいない』とアピールできます。それに一番適しているのは、今被害が出つつある西の外れの森です」

「……確かにそうだな。メアリーも一カ所程度ならどうにかなるはずだ」

何も行動しないことは、国民の不満を燻らせる。ならば、王家はしっかりと耳を傾け、努力しているとアピールすればいい。

「はい。一番ひどい場所に殿下と聖女であるメアリー様が直々に出向き、状況を解決する。例えば、殿下が魔物を退治するのはいかがでしょうか？　最高のパフォーマンスです」

「俺が魔物を退治する？」

「はい。おそらく、今回の件を受けて陛下は魔物討伐のための部隊を派遣するでしょう。殿下はその指揮官として出向くのです」

「なるほど。指揮官か」

イアンは顎に手を当てて考える。

「メアリー様が浄化したあとであれば魔物は弱っているし、基本的に魔物との戦いは部隊に任せればいいでしょう。殿下は、最後のとどめを刺すのです。幸いにしてメアリー様は『祝福の聖女』です。彼女に祝福してもらえば、殿下の幸運は間違いないかと」

「それもそうだな。とてもよいアイデアだ」

イアンは表情を明るくする。

国民を案じて、わざわざ遠方まで出向いてきた王太子と聖女。聖女は祈りを捧げて辺り一帯を浄化し、王太子は人々を危険にさらす魔物を華麗に成敗する。

きっと、周囲にいた人々は聖女と王太子に賞賛を贈り、その素晴らしき活躍はあっという間に国土を駆け巡るだろう。

「よし。では、すぐにそのように手配してくれ」

「承知いたしました」

「頼んだぞ」

イアンは満足げに頷く。

「そうと決まれば、久しぶりに剣の訓練でもしておくか」

先ほどまでの憔悴《しょうすい》ぶりが嘘のように表情を明るくしたイアンは、壁際に置かれた剣を手に取ろうと立ち上がる。

ダレンはその様子を見ながら、口元に笑みを浮かべる。

一礼すると、イアンの執務室をあとにした。


一時間後、イアンは謁見室にいた。

先ほどのアイデアを早速実行するために、両親である国王夫妻に許可をもらうためだ。

「イアン。リゴーン地方に向かうとは、本気か？」

国王は険しい表情で、イアンに尋ねる。

「もちろん本気です。今、リゴーン地方の西の外れの森は瘴気が濃くなっていると聞きました。聞くところによれば、魔物まで現れたとか。その状況を放っておくことは、王太子としてできません」

「その話は、クリスト伯爵からも手紙で報告を受けている。魔物討伐の部隊はすでに編成の準備に入っている」

　国王はこくりと頷く。

　イアンはそれを聞き、ダレンに事前に聞いた通りだとほくそ笑んだ。

「ですから、そこにメアリーと向かい、浄化を行った上で魔物を討伐するのです。民は深く感謝し、王室の評判はあっという間に上がるでしょう。さらに、メアリーは聖女の地位を確固たるものにする」

　イアンは自信満々に、自分の考えを披露する。

「魔物はいずれにせよ、討伐する必要があります。討伐の騎士団に交じり最後のとどめを刺すだけです」

　魔物の討伐のための部隊はすでに編成されて、派遣の準備を進めている。

　捕まえて弱らせるところまでは彼らに任せ、自分は瀕死の魔物にとどめを刺すだけ。何も難しいことはないはずだ。

　それに、これまでダレンの進言を聞いて失敗したことなど一度もない。そのことが、イアンの根拠のない自信の拠り所になっていた。

（そうだ）

イアンはふといいことを思いついて、シャーロットを見上げた。

「母上。母上は『先見の聖女』ですね。私の未来について特別に占っていただいても？」

「ええ、わかったわ」

シャーロットはイアンを真っすぐに見返し、頷いた。そして、玉座から立ち上がるとイアンに歩み寄り、その額にそっと触れる。

「いかがですか？　魔物は死んでおりますか？」

イアンは期待に満ちた目でシャーロットを見つめた。シャーロットの瞳が、わずかに揺れる。

「ええ。息絶えた魔物が見えたわ」

「おお、ありがとうございます。我らの幸運は間違いありません」

イアンはその言葉を聞き、表情を明るくする。しかし、表情を硬くしたシャーロットが続けた言葉に、今度は眉をひそめた。

「ただ……あなたはきっと、大きな怪我《けが》をする」

「大きな怪我？　死ぬわけではないのでしょう？」

「ええ、それはないわ」

シャーロットは首を縦に振る。

その言葉を聞き、イアンはほっと胸を撫で下ろした。

「なら大丈夫です。何せ、私には『祝福の聖女』であるメアリーがいますから」

シャーロットは『先見の聖女』だが、その先見の力は正確かつ明確な未来がはっきりと見えるわけではない。断片的な光景が見え、物事も吉凶が感覚的にわかるだけだ。

「でも、やめておいたほうがいいのではなくて？　嫌な予感がするの」

シャーロットは心配そうにイアンを見つめる。

「母上。心配していただけるのはありがたいですが、私はもう大人です。必ずや今回の討伐を成功させてみせましょう」

イアンは自信たっぷりに、胸に手を当てる。

「イアン。何度も聞くが、それはお前が熟考した上での結論なのだな？」

シャーロットとイアンのやりとりを聞いていた国王が再び口を開いた。

「もちろんです」

国王は事あるごとに『王族たるもの、自分の発言には責任を持て』と言う。今回もいつもの確認かと思い、半ばうんざりしつつも、イアンはしっかりと頷いた。

「ならば私は、何も言うまい」

「お任せいただき、ありがたき幸せにございます」

国王の許可が下りたことに、イアンは朗らかに微笑む。

「それでは、失礼いたします」

謁見室をあとにするイアンの足取りは軽やかだ。

ずっと膠着状態が続いていたメアリーとの結婚も、これで一気に進むだろう。

◇◇◇

「私が西の外れの森に?」

メアリーはイアンからの急な話に驚いた。最近体調不良が続いているメアリーのもとを訪れたイアンは、開口一番に『西の外れの森に行くぞ』と言い出したのだ。

「でも、その辺りは不浄の兆候が見られると――」

「だからこそ、行くんだ。西の外れの森を浄化すれば、間違いなくメアリーが聖女だと周囲に知らしめることができる」

「私にできるかしら?」

メアリーは不安になった。最近、祈りを捧げるたびに体の疲労感がたまり、その疲れがちっとも抜けないのだ。常に病み上がりのような倦怠感《けんたいかん》がひどい。

「一カ所だけだし、大丈夫だ。それに、私も一緒に行く。魔物にとどめを刺す」

「魔物にとどめ?」

メアリーは眉根を寄せる。

「ああ。騎士団が弱らせたところを、最後のとどめを刺す。そうすれば、王都から直々に出向いて不浄を浄化した新聖女と魔物を退治した次期国王として、国民は熱狂するはずだ」

イアンは自信たっぷりに言いきる。

「魔物って、そんなにすぐに退治できるものなのですか？」

「もちろん、魔物になって凶暴化した獣は元の数倍は強い。だが、メアリーの祝福を受けてから行けば恐れるに足らない」

「私の祝福……」

マリーアンジュは人々を災いから遠ざける『祝福の聖女』だった。そのマリーアンジュの聖女の力を全て受け継いだメアリーも祝福の聖女だ。

（――でも）

なぜなのだろう。自信たっぷりのイアンを見ていて、無性に不安になる。

以前は、イアンのこの自信に溢れる姿を見て次期国王にふさわしい堂々とした佇まいだとうっとりしていた。けれど、実際には彼は口だけだということにメアリーは薄々気づき始めていた。

少しでも困ると誰かしら――多くの場合は側近のダレン――に判断を押しつけ、自分は偉そうにふんぞり返っている。それでも、イアンは王太子であり将来の国王なのだからこれくらいの欠点は目を瞑《つぶ》るべきだと思って見て見ぬふりをしてきた。

だが、今回ばかりは虫の知らせのような嫌な感覚が拭えないのだ。

「私、なんだか嫌な予感がするのです。何か悪いことが起こるような――」

「メアリーは心配性だな。私がついているから、心配することはない」

イアンはメアリーの頭を撫でると、その額にキスをする。

「それに、これはすでに国王陛下達にも報告して許可を得ている。何も心配するな」

「えっ⁉」

メアリーは驚き、小さく声を上げる。

（それって、もう私が西の外れの森に行くことは確定事項ってことよね？）

国王夫妻に報告に行って許可を得たものを今さら覆すことなどできない。ましてや、理由が『悪いことが起きる気がするから』などというのは通用するわけがない。

（どうして国王陛下に報告する前に、一言相談してくれないの？）

言いようのない苛立ちが腹の底から込み上がる。

「メアリー？　大丈夫か？」

先ほどからメアリーが俯いて何も言わないことに気づいたイアンが、心配そうに問いかけてくる。

「イアン様。私、少し疲れてしまって……」

メアリーは顔を上げると、力なく微笑んで物憂げな表情を見せる。

「そうか。では、ゆっくり休むといい。出発は三日後だ」

「…………」

笑顔を見せるイアンに対して、メアリーは初めて（顔も見たくない）と思った。

◇　プレゼ国王の苦悩

イアン王子が謁見室を立ち去ったあとのこと。

国王は、はあっと深いため息をついた。

「なんと愚かな……」

しかし、イアンは何を言っても聞く耳を持たないだろう。

「やはり、シャーロットの先見が当たっていたということか……」

国王は遥《はる》か昔のことを思い出し、なんとも苦々しい気持ちになった。


それは、喜ばしいはずの第二子誕生の日のことだった。

王妃であるシャーロットの経過は極めて順調。陣痛が始まってから二時間ほどで、国王はお産に立ち会った侍医に呼ばれた。

『陛下。おめでとうございます。元気な男の子ですよ』

『第二王子か』

男女どちらが生まれても喜ばしいことには変わりないが、ひとつ違いの男同士であれば何かとお互いに刺激し合って成長する機会も多いだろう。国王は幸せな高揚感を覚えながら、シャーロットと赤ん坊の待つ部屋へと向かった。

侍医が見せてきたのは、玉のように可愛らしい赤ん坊だった。

第一王子のイアンよりも少しだけ高い鼻筋が知性を感じさせる。髪は自分と同じ黒色だった。

『可愛らしい男の子だ。シャーロット、ありがとう』

満面に笑みを浮かべ、国王はシャーロットの手を握った。

しかし、すぐにシャーロットの様子がおかしいことに気づいた。元気な赤ん坊が生まれたにもかかわらず、どこか思いつめたような顔をしていたのだ。

『シャーロット。どうした？』

国王はシャーロットに尋ねた。

『陛下。ご相談したいことがあります。人払いを――』

その真剣な眼差しに、すぐにただ事ではないと察した。周囲に命じて完璧な人払いをする。

『実は――』

そこでシャーロットが語ったのは、想像だにしていなかったことだった。

生まれたばかりの赤ん坊を抱いた途端、頭の中にこの子が戴冠式を行う映像が流れてきたというのだ。

国王は大いに驚いた。

プレゼ国では長兄が王太子となる決まりがあり、それが覆されるのは本人が王位継承権を放棄したとき、もしくは、国王として即位できないなんらかの重大な理由が発生したときなど、ごくわずかに限られるからだ。

だが、シャーロットは〝先見の聖女〟だ。彼女が見たのが未来の景色であることは容易に想像がついた。

『イアンに何かが――もしかして大きな病気を患い、不幸があるのかもしれません。わたくしはどうすれば――』

シャーロットは顔を覆い、いつかくるかもしれない未来を嘆く。

イアンはまだ一歳半だ。

そんなシャーロットの肩を、国王は優しく抱いた。

『シャーロット、心配するな。もしかすると、イアンは別の道を見つけて国王の座を自分から放棄するだけかもしれない』

プレゼ国の歴史を振り返れば、長兄でありながら別の道を望んで王位継承権を放棄した者が何人かいる。別の道は、宮廷画家や音楽家、異国の姫に婿入りしたなど、様々だ。

『それに、病気が心配なのなら必要な対応はすぐにとる』

国王はその場ですぐに、イアンに優秀な侍医をつけて病から守ることや、有能な近衛騎士をつけて不測の事態に備えることを決めた。

それでシャーロットの不安が少しでも取り除ければと思った。

しかし、問題となるのは生まれたばかりの第二王子だ。

『第二王子であるこの子に、国王となるための教育を受けさせるわけにはいかない』

国王は硬い表情で言った。

現時点の王太子はあくまでも第一王子であるイアンだ。

イアンが王太子でいる限り、第二王子として生まれてきたこの赤ん坊が即位することはない。

故に、国王となるための教育を受けさせることはできない。

もしそんなことをすれば、『第一王子は命に関わる病を抱えているのではないか？』などという あらぬ憶測を呼び、混乱を招くことになる。

しかし、シャーロットが先見でこの赤ん坊が即位するところを見た以上、その可能性がゼロではないことは国王とて重々わかっていた。ならば、この子にはそれに備えて国王となるための教育を受けさせるべきだ。

どうするべきかと考えあぐね、考えついたのはひとつの方法だった。

『シャーロット。この子を、養子に出そう』

『え？』

シャーロットは大きく目を見開いた。

国王が考えた案は、この赤ん坊を王位継承権を保持したままシャーロットの実家であるヘイルズ公爵家に養子に出し、第一王子であるイアンの側近として育てることだった。

『側近の立場であれば、イアンが国王としての教育を受けるときに横に控えて一緒に聞いていても問題ないし、周囲からあらぬ憶測を呼ぶこともない』

『確かにそれはそうですが……』

シャーロットは言いよどみ、胸に抱いた赤ん坊をじっと見つめた。

きっと、シャーロットはこの赤ん坊と離ればなれになってしまうことをためらっているのだろうと国王は悟った。

『今生の別れというわけではない。それに、シャーロットの実家のヘイルズ公爵家は嫡男がいないから、カムフラージュにはちょうどいい』

シャーロットの迷いを断ち切るように、国王は抱いている彼女の肩をトントンと叩く。

『……わかりました』

この日生まれた第二王子――ダレンがヘイルズ公爵家に養子に出されると発表されたのは、この半年後のことだった。


シャーロットは先見した未来のこともあり、イアンをやや過保護に育てた。いつ何が起こってこの子が不治の病になったり、大怪我をして命を落としたりしてしまうのではないかと気が気でなかったのだ。

事情を知る国王は、シャーロットの気持ちを優先してそのことについてあまり強くは言わなかった。自分がしっかりとイアンに国王としての心構えや身の振り方を教えればいいと思ったのだ。

しかし、ダレンを養子に出したことにより、王家で育てる唯一の王子であったせいだろうか。成長するにつれて、イアンには自分の望みが叶わないことはない、周囲が自分を助けるのは当然と思い込むような、傲慢さが見られるようになった。

国王はそんなイアンに対し、事あるごとに『王族として発言、行動には責任を持て』と口酸っぱく伝えた。

聖紋を持つ少女が見つかったとマリーアンジュが連れてこられたとき、国王はシャーロットと共にとても喜んだ。

王家に古くから仕えるベイカー侯爵家の娘で、美しい金色の髪と、海のような澄んだ水色の瞳を持つ愛らしい少女だった。シャーロットによると可愛らしいだけでなく素直で勤勉。

『きっとイアンをそばで支えてくれる頼もしい存在になりますわ』

と笑顔でよく語っていた。そして事実として、マリーアンジュは周囲の期待に見事に応える優秀な聖女だ。

（それなのに、なぜあのようなことを）

イアンは事もあろうかマリーアンジュに衆人環視の中で婚約破棄を告げ、全く別の少女──能力面ではマリーアンジュの足下にも及ばないメアリーを聖女にするなどと、愚かなことを言い出した。

決められた聖女を別人に交代するなど、不可能だ。

息子のあまりに愚かな発言に、愕然《がくぜん》とした。

『お前があの娘を望むなら、王太子の座をダレンに譲ったらどうだ？』

一度だけ、イアンをそう諭したことがある。しかし、イアンは首を横に振った。

『何をおっしゃいますか。ダレンはすでに、ヘイルズ公爵家に養子に出た身。王太子は私です』

絶対に王太子の座を明け渡すつもりはなさそうだった。

シャーロットもまた、イアンには何度も考えを改めるように伝えたようだが、聞く耳持たずで無駄だった。


イアンが立ち去った謁見室の扉のほうを、シャーロットは真っ青な顔で見つめる。

『陛下。リゴーン地方に行けば、あの子は大怪我をします。見えたんです』

そう訴えるシャーロットは、今にも泣きそうだった。

シャーロットによると、先見では断片的に息絶えた魔物、それに、大怪我を負ってベッドに横たわる血まみれのイアンの姿も見えたという。

『リゴーン地方に行けばきっと、あの子は王位継承権を失います』

シャーロットの嘆きには、半ば確信したような強さがあった。

そして、先見の聖女であるシャーロットの予感は十中八九当たっている。

（今からでも、もう一度止めるべきか？）

国王は眉間に深いしわを寄せる。

しばらく熟考し、首を横に振った。

（いや。己の間違いに気づかないようでは、イアンは国王の器ではない）

国王は深いため息をつくと、立ち上がって震えるシャーロットの肩を抱く。

国のことを思えば、このまま静観するのが正解なのだろう。

けれど——。

ひとりの父親として、今でも時々わからなくなる。

ダレンを腕に抱いたシャーロットに告げた、あの日の判断は本当に正しかったのだろうかと。

◆第五章　真の聖女

リゴーン地方はプレゼ国の中でも西方、海に面した地域に位置している。王都から馬車で丸二日かけ、イアン一行はその地へ向かった。イアンの留守中の仕事は、王都に残るダレンに任せている。

「ようこそいらっしゃいました。王太子殿下、聖女様」

馬車から降りたイアンとメアリーを出迎えたのは、白髪交じりの短髪を後ろに撫でつけ聖職者の衣裳をまとった壮年の男性と、貴族服を着た凛々しい雰囲気の中年男性だった。ひとりはリゴーン地方で一番大きな大聖堂のクレム大司教、もうひとりはこの地方を治めるクリスト伯爵だ。

その背後には、同じく大聖堂で働いていると思しき司教達やクリスト伯爵の側近と思しき人々が立っている。

「中にあるお部屋にご案内します」

クリスト伯爵がイアン一行を案内しつつ歩き始める。メアリーはその後ろに続いた。

（意外と大きいのね）

メアリーは大聖堂の中を見回す。

ステンドグラスが嵌《は》められた大きな窓からは、美しい光が差し込んでいる。祭壇の前に十五人ほど座れる長椅子が横四列にずらりと並んだ大聖堂は、王都のそれに引けを取らないほど立派だった。

「今、どういう状況だ？」

イアンは歩きながら、クリスト伯爵に尋ねる。

「ここ二カ月ほど前から、リゴーン地方全域に不浄の傾向が見られます。特に瘴気が強いのが西方の森です」

「特に何も感じないが？」

イアンは首を横にかしげた。この大聖堂や周辺を見る限りは、なんら普段とは変わらないように思えたのだ。

「聖職者以外でも異変を感じるようになったら、もう手遅れです」

クリスト伯爵は首を左右に振る。

「今回の変化は大聖堂に勤める司教達がいち早く異変に気づき、知らせてくれました。この知らせを受けて領地全体を調査したところ、西方の森に強い瘴気を発見したのです」

「なるほど」

イアンは頷く。

「魔物が出たと聞いたが？」

「はい」

頷くクリスト伯爵の表情は硬い。

「西の外れの森で瘴気が濃くなっていることを察知した我々は、そこを重点的にパトロールするようにしていました。瘴気が濃くなっても、すぐに何か悪いことが起こるわけではありませんが、状況を確認しておくことは必要だと考えたのです。ところが、一週間ほど前のことです――」

クリスト伯爵によると、彼は部下に命じて一日二回、西の外れの森を巡回させていたという。西の外れの森と一言で言っても、その広さは広大だ。五つの部隊を作って見回りしても、くまなく見るのは難しい。

それでも、リゴーン地方の騎士や司教達はこの地域のために可能な限り異変を見逃さないように努力してきたという。

ところがだ。つい五日ほど前に、おかしな風貌をした獣に襲われたという。

「おかしな風貌って、実際にはどんな見た目なの？　見てすぐに魔物だとわかるもの？」

プレゼ国に前回魔物が現れたのは、もう三十年以上前のことだ。時の聖女であった先代の王妃が風邪をこじらせ肺炎になり、長期にわたって祈りを捧げられない時期が続いた。そのときは浄化ができない期間が続いたので瘴気がたまり、ついには流行病が蔓延して魔物まで現れた。

プレゼ国の近代史では必ず習う、苦い記録だ。

「その場にいた者達も魔物を見るのは初めてだったのですが」とクリスト伯爵は前置きをする。

「見た瞬間に普通ではないとわかったそうです。体全体に黒ずんだ瘴気をまとい、牙は通常の倍近い大きさで目は血のように赤かったと。そして、まるで気が触れたかのように突然襲いかかってきたそうです」

メアリーは眉をひそめる。

(何それ。まるで化け物じゃない)

そんな恐ろしい生き物がいる森に行って、本当に大丈夫なのだろうか。また不安が込み上げる。

「我々の作戦だが、新聖女であるメアリーを連れて我々が問題の森に行き、一気に浄化を進めようと思う。聖女の祈りは浄化したい場所に近ければ近いほど効果が高い。その場にいる光の精霊に直接呼びかけることができるからな。その辺り一帯が浄化されれば、魔物も弱るはずだ」

イアンは自信たっぷりに自身が考えた作戦を語る。

「そううまくいくでしょうか？　殿下自らが森に行かれるのは、危険が伴います」

クリスト伯爵は心配そうにイアンを見つめる。

「問題ない。ここへ連れてきたのは王都でも優秀な騎士ばかりだ。それに、民が困っているのを見捨てることなどできない」

イアンは熱弁を振るうと、周囲から「おおっ」と感嘆の息が漏れる。

敬愛の眼差しを向けられたイアンは、もうこれで何も心配はいらないとでも言いたげに微笑んだ。

そのとき、ずっと黙って会話を聞いていたクレム大司教が「恐れながら――」と声を上げた。

「メアリー様は代理聖女とお見受けしましたが、本当に大丈夫でしょうか？」

おずおずと確認してきたクレム大司教の言葉を聞いた瞬間、メアリーはカッとした。

「代理じゃないわ。私が本物よ」

クレム大司教の〝代理聖女〟という言い方には、『本物の聖女はマリーアンジュであり、メアリーはしょせん偽物。彼女では力不足だ』というニュアンスが感じられた。メアリーにとっては受け入れがたい侮辱だ。

「その通りだ。マリーアンジュは全ての聖女の力をメアリーに託した。聖紋も今はメアリーにある」

メアリーの言葉を補足するように、イアンが告げた。

一方のクレム大司教は、心底驚いて目を見開く。

「聖女の全ての力を？」

にわかには信じられず、思わず聞き返す。

（なんということだ）

聖女が途中交代できないことは、聖職者の間では常識だ。メアリーが本物の聖女などということはあり得ない。

クレム大司教は聖女が来ると聞いて、てっきりマリーアンジュが来てくれるのだと信じ込んでいた。それなのに全く別人が来て、さらにはその別人を『本物の聖女』であると、本人だけでなく王太子までもが言い張っている。

(王都ではいったい、何が起きているんだ)

クレム大司教はマリーアンジュのことをよく知っている。マリーアンジュは理由もなしに聖女の力を他人に全て託すような残酷な仕打ちをする人間ではなかった。

「恐れながら、マリーアンジュ様でないと今回の浄化は難しいのではないかと――」

そのとき、バシンと机を叩く大きな音がした。

「バカにしないでよ！　私にだってできるわ」

「その通りだ。クレム大司教、聖女に暴言を吐くことはこの俺が許さない」

「……失礼いたしました。非礼をお詫びいたします」

怒りに満ちたイアンの眼差しに、クレム大司教は謝罪の言葉を述べ、口を噤む。

「それでは、明日にでも現地に赴きましょう」

クリスト伯爵が提案する。

「クレム大司教もそのつもりで準備を」

「……承知いたしました」

内心では全く納得できていなかったが、クレム大司教はしぶしぶ頷く。

メアリーが聖女として来た以上は、彼女の力に頼るほかないのだ。

◇◇◇

その翌日、イアン一行は予定通り西の外れの森に向かった。

西の外れの森は、リゴーン地方の大聖堂から馬でさらに二時間ほど行った場所にあった。

うっそうと広がる木々で、全体を見渡すことはできない。

(何ここ。すごく寒気がする……)

メアリーは妙な寒さを感じてぶるりと震える。

王都とリゴーン地方はさほど気候に差はない。それなのに、ここに近づくにつれて寒気を感じるのだ。

あまりの寒さに、両腕を覆うように自分を抱きしめた。

「寒いわ」

「さすがは聖女様です。これは、瘴気が増していることによる影響です。完全に不浄になれば、ここは植物の育たない荒れ果てた世界になってしまうでしょう」

同行したクレム大司教が、憂いを帯びた眼差しで森を見つめる。

「よし。森に入る前に、浄化を行う。メアリー、頼む」

先を歩いていたイアンがメアリーのほうを振り返る。

(ここで?)

メアリーは周囲を見回す。前方にはうっそうと茂る森があり、その手前の草原には草が腰の高さくらいまで乱雑に伸びている。

「嫌よ。こんな場所でひざまずいたら、ドレスが汚れてしまうわ」

足下は草の生えた土だ。

このドレスは先日新調したばかりなのだ。冗談じゃない。

「ここは人里から離れた場所ですので、近くに聖堂がありません」

同行するクレム大司教がメアリーに告げたが、彼女は腕を組んで拒否感を露わにする。

「私の上着を敷きますので、それでお許しください」

困り果てたクレム大司教は上着を脱いでそれを地面に敷いた。

周囲にいる騎士達はひそひそと話しながら、メアリーを見ている。

(何よ。まるで私が悪人じゃない!)

周囲からの視線を一身に受け、メアリーはぐっと手を握りしめる。

「わかったわよ。やればいいんでしょ!」

いつも聖堂で行っているように、両手を胸の前で組んでひざまずく。

「光の精霊よ、我々に力を。この地に聖なる光を」

メアリーの言葉と共に、周囲に光の粒子が舞う。聖女の祈りに光の精霊が応えたのだ。

重苦しかった空気が途端にふわりと軽くなり、心なしか周囲の気温が上がった気がした。

「さすがは聖女様だ」

「なんて美しい光の舞いなんだ」

周囲にいた、リゴーン地方の騎士達が感動したように声を上げる。

(うまくいったわね)

周囲から尊敬の眼差しを受け、メアリーは尊大な態度で髪を払う。しかし、次の瞬間には顔をしかめた。

(まただわ……)

体が重くなったような、嫌な疲労感がメアリーを襲う。

最近、祈りを捧げるたびにこの嫌な疲労感に苛《さいな》まれ、思うように聖女の祈りが捧げられない。ふらりと倒れそうな体をなんとか支え、メアリーは立つ。

「よし。浄化ができたところで、魔物を討伐しに行く。皆の者、俺に続け！」

イアンが勢いづき、大きな声で叫ぶ。

「イアン様、イアン様！」

メアリーはどんどん前へ進もうとするイアンに呼びかける。

「どうした、メアリー？」

振り返ったイアンが訝しげにメアリーのほうを見る。

「私、先ほどの浄化で体調が優れません。ここで護衛の者と待っています」

「なんだと？」

イアンが眉根を寄せる。

「しかし、瘴気を打ち消す力を持つのは聖紋を持つメアリーだけだ。長くはかからないから、我慢できないか？　それに、限られた人数しかいない騎士をここに残すことはできない」

意を決して伝えた言葉を完全に拒否する返事に、失望する。

（このお方、私の体調よりご自分の名誉のほうが大切なのね）

先日の舞踏会で見た、マリーアンジュを気遣い、全面的に彼女を庇っていたダレンの様子を思い出す。あまりの違いに、絶望感すら湧いた。

「行くぞ」

「あっ、待って……」

イアンはくるりと向きを変えると、どんどん前へと進んでいってしまった。それに付き従うように、周りの騎士達も進む。クレム大司教だけが心配そうにメアリーのほうを振り返った。

「ちょっと待ってよ！」

メアリーは必死に追いかける。

こんなところにひとりぼっちにされたら、それこそ何が起こるかわからない。

前を進むイアンの背中が、まるで別人のように見えた。


最初はまだ道が開けていた森は、奥に進むにつれて道と呼べる道もないほどに草木が生い茂ってゆく。そこかしこから鳥の甲高い鳴き声や、小動物が枝を揺らす音が聞こえてくる。

「きゃっ！」

突然目の前に黒っぽい何かが飛び出してきて、メアリーは悲鳴を上げる。よくよく見れば、それは甲殻虫《こうかくちゅう》の一種だった。

「なんなのよ、ここ」

メアリーは叫ぶ。

「だからこんなところ、来たくなかったのよ！　虫は多いし、足は疲れたし、ドレスと靴も泥だらけだし、ほんっとに最悪だわ」

歩きながらも、恨みつらみの言葉が次から次へと口から漏れる。

聖女になる者は王妃となることが約束された、プレゼ国で最も高貴なる女性だ。皆にかしずかれ、敬われる存在。

美しいドレスと光り輝く宝石を身にまとい、王宮でただ贅沢に暮らして時折祈りを捧げればいい。そう信じて疑っていなかったのに、思い描いていた生活と違いすぎる。

こぼれ落ちそうになる涙を拭い、メアリーは前を睨む。

一時間ほど歩いただろうか。リゴーン地方の騎士達が周囲を見回す。

「そろそろ、魔物の目撃証言が出た辺りです」

「よし、わかった。全員、気を引き締めろ」

前方で部隊を率いるイアンが大きな声を張り上げた。

（まただわ……）

妙な寒気を感じる。クレム大司教によれば、この寒気は瘴気が濃くなったことを敏感に感じ取っているのだという。

不意に、がさっと大きな音がした。

「いたぞ、魔物だ！」

騎士のひとりが声を上げる。

「魔物？」

メアリーは咄嗟にそちらを見る。そして、大きく目を見開いた。

「何、あれ……」

その巨体はゆうに二メートルを超えている。全身を覆う毛並みはごわごわと硬そうな見た目をしており、炭を垂らしたような漆黒。さらに、周囲にどす黒い空気がまとわりついていた。

そして、こちらを見つめる目は血のように赤く、牙は通常のオオカミの二倍近く長い。

元々はオオカミだったのだろうか。どことなくその面影を感じさせるが、もはや完全に別の生き物だと思った。

そして、何よりもメアリーに恐怖心を与えたのは、その魔物がいる辺りから地面に不浄が広がり、草木が急速に萎れていくことだった。魔物は真っすぐに部外者——魔物討伐のためにここにやって来たイアン率いる部隊を見つめている。

「ついに見つけたぞ。皆の者、かかれ！」

イアンが大きく声を張り上げ、それに合わせて騎士達が魔物に襲いかかる。しかし、剣を振りかざした途端にその剣は錆《さ》びつき、魔物に当たると脆《もろ》くも崩れ去った。

剣を失った騎士は、もはや騎士として機能しない。あっという間に魔物に襲われ、赤い血《ち》飛沫《しぶき》が飛び散った。

「うわあぁぁぁ‼」

辺りに耳をつんざくような悲鳴が響きわたり、攻撃しようとしていた騎士達がそれに恐れをなして足が止まる。

「何をしている！　攻撃しろっ！　相手はたった一匹だぞ！」

イアンの怒声に、怯んでいた騎士達はハッとしたように再び剣を握り直した。先ほどとは別の騎士が魔物に背後から襲いかかるが、またしても剣は当たる前に一瞬にして錆びつき、当たったと同時に崩れ落ちる。

「助けてくれっ！　聖女様……」

剣を失った騎士が、メアリーに助けを求めて手を伸ばす。その騎士の顔はやけどをしたかのようにただれていた。

「ひっ！」

メアリーは両手を顔に当て、あとずさる。

（なんなの。こんなの聞いていないわ）

魔物はメアリーが浄化すれば弱るので、すぐに片がつく。イアンはそう言っていたのに、こんな化け物が現れるなんて。

「ここは瘴気が強すぎます。聖女様、浄化を」

焦ったようなクレム大司教の声がした。

「浄化……？」

「メアリー、早くしろ！」

呆然としていると、今度はイアンの怒声が聞こえた。

「光の精霊よ――」

メアリーは咄嗟に祈りの言葉を捧げる。光の精霊がそれに応えて先ほどと同じように光の粒子が舞う。

魔物が「グググッ」と苦しそうな声を上げ、その場にうずくまった。

「今だ、仕留めろ！」

イアンが叫ぶ。一番近くにいた騎士が剣を振り下ろすと、今度はその剣が崩れずに魔物に当たった。

「――ギャオーン」

傷ついた魔物は、まるで何かを呼ぶような大きな雄叫びを上げる。

「やったぞ！　しかし、さすがは魔物だな。まだ死なないか。最後はこの俺が――」

嬉々《きき》としたイアンが腰に下げていた剣に手をかけたとき、背後にいた別の騎士の叫び声が聞こえた。

「殿下、魔物です。もう一匹います！」

「え……っ」

メアリーは声を上げたその騎士のほうを見る。

（嘘でしょう？）

そこには、元々いた魔物よりもさらに醜悪で大きな魔物がいた。

禍々しい瘴気を全身にまとい、今さっき浄化したはずの空気が一瞬にして汚れていくのがわかった。地面を踏みしめるたびに、そこから草木が枯れてゆく。

「聖女様！」

クレム大司教が再び叫ぶ。

「光の精霊よ――」

メアリーは慌てて祈りの言葉を口にする。恐怖で歯が震え、うまく言えない。震える両手を必死に胸の前で組んだ。

ふわりと光の粒子が舞う。しかし、それは明らかに先ほどよりも少なかった。

それと引き換えにメアリーの体をまた大きな疲労感が襲う。

「よし、弱体化したぞ。今だ、かかれ！」

イアンが叫ぶのが聞こえた。

（ようやく終わったわ）

メアリーはほっと息をつく。あとは騎士団がこの魔物達を退治し、イアンがとどめを刺すのを見届けるだけだ。

しかし、その期待は見事に裏切られた。浄化できたと思った空気が瞬く間に汚れてゆく。

「メアリー、祈りを」

イアンが苛立ったように、再び叫ぶ。

「祈っているわ！」

「間に合っていない。もっとだ」

「これ以上無理よ！」

メアリーは叫び返した。

（体が重い）

前々から感じていたが、ここ数週間は特に顕著に感じていた。

もはやこれは、気のせいなどではない。

祈るたびに、言いようのない怠さが体全体を覆い、全身が軋《きし》むのだ。祈りを捧げるのをしばらく休めば少しはよくなるのだけれど、再び祈ると前回よりさらにひどい症状が出る。

「浄化しないと魔物が弱らない。メアリー、きみしかできないんだ！」

「わかっているわよ！」

メアリーはヒステリックに叫ぶ。

「だから来たくなかったのよ！　光の精霊だかなんだか知らないけど、こんな辺鄙《へんぴ》なところ、捨て置けばよかったのだわ！」

「聖女様、いけません！　精霊に聞こえます」

ぎょっとした様子のクレム大司教が叫ぶ。

（だからなんだって言うのよ！）

メアリーは疲労で震える手をギュッと組む。

「光の精霊よ、我々に力を。この地に聖なる光を」

ふわっと一瞬光の粒子が舞ったかのように見えたが、それはすぐにかき消えた。

（……嘘っ）

何かが体の中から抜け落ちてゆくのを感じた。

（そんな……）

光の精霊はもうメアリーの声には応えない。直感的にそう感じた。

「うわぁー！」

誰かの叫び声が聞こえる。薄れゆく意識の中では、それが誰なのかを確認することもできなかった。

（なんでこんなことになったの？）

手を伸ばせば届きそうな幸運に、素直に手を伸ばしただけだったのに。

その幸運が、たまたま〝聖女〟であり〝未来の王妃〟だっただけだ。

こんな未来、メアリーが望んだものとは全く違う。

「助けて。死にたくない……」

メアリーは朦朧《もうろう》とする意識の中で必死に手を伸ばす。

けれど、その手は何も掴むことなく地面に落ちた。

◇
◇
◇

一方その頃、マリーアンジュとダレン達もまたリゴーン地方にいた。

「突然のお願いにもかかわらず、ご案内ありがとうございます。クリスト伯爵」

ダレンがクリスト伯爵にお礼を言う。

「いえ、構いません。私も殿下が心配な気持ちは同じです」

クリスト伯爵は左右に首を振った。

マリーアンジュは前方を真っすぐに見つめる。

目の前に広がるのは腰まである草に覆われた草原。その向こうには、うっそうと茂る森が広がっている。

（寒気がする。瘴気が濃いわ）

思った以上に瘴気が蔓延している状況に、マリーアンジュは思わずぶるりと身を震わせた。


マリーアンジュとダレンは、メアリーとイアンが出発した翌日に王都を出発した。

第一に魔物が現れるほど瘴気が蔓延した地域を代理聖女であるメアリーが浄化できるとは思えなかったし、こうなった責任の一端が自分にもあると感じていたマリーアンジュは自分の目で状況を確認したかった。

それに、王妃であるシャーロットが『嫌な予感がする』としきりに言っていたのも理由のひとつだ。

シャーロットは先見の聖女だ。何が見えたのかをシャーロットははっきりと言わなかったが、きっとなんらかの悪い未来が見えたのではないかとマリーアンジュは予想している。

森へと歩いていたマリーアンジュは、ふと足下に草とも土とも違う色合いのものが見えた気がして、足を止める。

「これは、司教の上着？」

「本当だ。なぜこんなところで脱ぎ捨てたんだ？」

同行するクリスト伯爵もそれを見て首をかしげる。

白い生地の一部に金色の模様が入っている上着は、司教達が着ている服のように見えた。地面に無造作に広げられ、その上には泥の足跡がついている。大きさからして、女性の足跡に見えた。

「理由はわからないが。ここに殿下達が来たということは確かなようだ。急ごう」

ダレンがふたりに先を促す。マリーアンジュとクリスト伯爵も頷き、ダレンのあとに続いた。

その周囲を護衛の騎士達が守る。

森の中の道のりは想像以上に険しかった。至る所にぬかるみや飛び出た木の根があり、道が悪い。

「こんな道を毎日巡回して、異常がないかの確認を？」

マリーアンジュはクリスト伯爵に尋ねる。

「はい。一日二回、五つの部隊で巡回していました。今我々の護衛をしてくれている騎士達も、そのうちの一部隊です」

「そうですか」

マリーアンジュは頷く。

「大変なお仕事ね。民のために、いつもありがとう」

マリーアンジュはすぐ横にいた騎士に声をかける。

騎士は少し驚いたように目を見開いたが、すぐに破顔する。

「それが我々の役目ですので」

役目とはいえ、大変なものは大変だろう。

今回、早期に瘴気が広がっていることを把握できたのも、彼らがこうして巡回してくれたからこそだ。

「――ギャオーン」

そのとき、進行方向から何かの雄叫びが聞こえた。

地に響くような大きな、そして何かを呼ぶような切羽詰まった雄叫びに、一同は立ち止まる。

「なんの鳴き声だ？」

ダレンが前方を睨む。

「急ごう」

「はい」

ダレンの掛け声に応え、マリーアンジュは先を急ぐ。

「いたぞ。殿下達だ」

クリスト伯爵が前方を指さす。

マリーアンジュは目を凝らし、息をのんだ。

確かにそこには、騎士服を着た人達がいるのが見えたが、何人かが倒れているように見えたのだ。さらに、どす黒い瘴気に覆われた魔物の姿も。

「浄化しないと魔物が弱らない。メアリー、きみしかできないんだ！」

聞き覚えのある声が聞こえた。イアンの声だ。

「わかっているわよ！ だから来たくなかったのよ！ 光の精霊だかなんだか知らないけど、こんな辺鄙なところ、捨て置けばよかったのだわ！」

続いて、ヒステリックな叫び声が周囲に響く。

（いけない！）

マリーアンジュの胸はドキンと跳ねる。

聖女の祈りは、精霊に働きかけてその力を借りる。精霊のことを貶めるような発言をすれば、彼らは聖女の声に応えてくれなくなる。

「うわぁー」

断末魔の悲鳴が聞こえた。

それと時を同じくして、マリーアンジュは体に異変を感じた。

目に見えない何かが体を包み込むような、不思議な感覚。右手の甲が熱くなり、身の内に宿る神聖力が熱く循環する。

感覚が研ぎ澄まされ、これまでより精緻に瘴気の流れを感じた。

ハッとして手の甲を見る。そこには、マーガレットを象《かたど》った聖紋がしっかりと刻まれていた。

（メアリー様の神聖力が尽きたのね）

いち早くマリーアンジュの聖紋に気づいたのはダレンだった。

「聖紋が戻ったのか？」

「はい。祈りを捧げます」

「では、マリーが祈りを捧げているその間、俺が命に代えて守ってやる」

聖女の祈りの最中、聖女は無防備になる。ダレンの言葉に、マリーアンジュは笑みを漏らす。

「あら。ダレン様に死なれては困ります。だって、わたくしの夫になっていただくのに」

いつだって自分を守ろうとしてくれるダレンの隣は居心地がいい。彼ならば、この国を預けても、そしてこの命を預けてもきっと大丈夫だと自然に思えた。

マリーアンジュはその場にひざまずく。

「光の精霊よ、我々に力を。この地に聖なる光を」

長らく聖女の祈りをしていなかったマリーアンジュの体は、膨大な神聖力で満たされていた。

まるで太陽がもうひとつ増えたかのように、周囲が光で満たされる。そして、キラキラときらめく粒子が舞った。

それと同時に、瘴気が一瞬にして消え去ってゆくのを感じた。

「聖女様だ。本当の聖女様が我々を救いに来てくださった。これで助かるぞ！」

感極まったようにそう叫んだのは、イアンに同行していた騎士のひとりだった。

◇◇◇

目覚めると、普段眺めているものとは似ても似つかぬ質素な天井が見えた。木目がそのまま見える自然な板張りの天井だ。

「ここ、どこ……？」

メアリーは痛む体をなんとか動かし、周囲を見回す。自分が寝ているベッドの他は小さなテーブルと椅子が置いてあるだけの、小さな部屋だった。

「私、助かったの？」

信じられない思いで、メアリーは自分の手のひらを見つめる。絶体絶命だと思っていたのに。

（もしかして、あれは夢だった？）

そうだったとしても不思議ではないような光景だった。

「まあまあまあ！　お目覚めですか？」

若い女の声がして視線を向けると、白衣を着た見知らぬ女性がいた。その格好から、医療従事者であろうと容易に想像がついた。

女性はメアリーのベッドサイドに近づくと、半分閉ざされていたカーテンを開ける。柔らかな光が部屋の中に差し込んだ。外からは、人々の明るい喧噪《けんそう》が漏れ聞こえてくる。

「わたくし、すぐに人を――」

部屋の外に出ようとした女性に対し、メアリーは「待って！」と言って呼び止める。

「ここはどこ？」

「リゴーンの大聖堂に併設された診療所でございます。この地域では一番大きな病院ですよ」

「…………」

にこりと笑いかけられたけれど、メアリーは言葉を返すことができなかった。どういう経緯で自分がこんなところにいるのか、わからなかったのだ。

「どうして私はここに？」

「西の森で倒れているところを助けられたからですよ」

（夢じゃなかった……）

祈りを捧げ続けて体が悲鳴を上げていたところまでしか記憶がないけれど、どうやらそのあと助けられたらしい。

当時の惨状を思い出し、メアリーはぶるりと体を震わせた。

「西の森の魔物は……」

「ご安心ください。聖女様が、全て正してくださいました」

「そう……なのね？」

「はい！　さすがは聖女様でございます。見事な浄化であったと噂に聞きましたわ」

目の前の女性は満面に笑みを浮かべ、朗らかに応える。その様子は、嘘をついているようには見えなかった。

女性は背後を振り返り、窓から外を見つめる。

「今日は聖女様の来訪を祝して、町の人達も浮き立っておりますね」

「そう……」

先ほどから聞こえる祭りのような騒がしさは、聖女来訪を祝したものなのだとようやく知る。

それと同時に、メアリーはとても大事なことに気づいた。

（ということは、私、倒れる前にちゃんと役目を果たしたのね⁉）

最悪の事態も予期していたので、うまくいったことに心から安堵した。

「近々、聖女様と王太子殿下の婚約が正式に発表されるらしいですわ」

続く女性の言葉に、メアリーはパッと表情を明るくする。

「本当？」

「はい。そう聞いております」

女性は柔和な表情を浮かべたまま、頷く。

（じゃあ、イアン様が言っていた通りに事が進んでいるってことね）

どうなることかと思ったけれど、うまくいって本当によかった。

（となると、こんなところで寝ている場合じゃないわ）

何せ、メアリーは婚約発表の主役なのだから。ドレスも選ばなければならないし、宝石だってそうだ。正式に婚約すれば、将来は王太子妃、ゆくゆくは王妃になることが約束される。

そう、メアリーはこの国で最も高貴な女性になるのだ。

（イアン様が森で私をないがしろにしたことは許しがたいけど、謝罪してくれるなら大目に見てあげるわ）

メアリーは、外から聞こえてくる民の歓声に恍惚と聞き入る。彼らは皆、自分を敬い称えて集まっているのだ。

（一目くらい姿を見せてあげるべきよね）

「ねえ、ドレスを出して」

「え、ドレス？　こちらですか？」

女性は病室のクローゼットを開けると、薄汚れた黄色のドレスを取り出す。

そのドレスはメアリーがあの日着ていたものだった。至る所が泥だらけで裾は真っ黒、所々が破れていた。

「は？　主役がそんなの着るわけがないでしょ。もう、使えないわね！」

怒りに任せて立ち上がろうとしたメアリーは、足に力が入らずぐらりと体が傾く。危うく転びかけたところを、一足先にそれに気づいた女性が体を受け止めた。

「大丈夫ですか？　二カ月も昏睡《こんすい》状態が続いていたのですから、無理なさらないでください」

「……え？」

聞き捨てならない言葉に、メアリーは女性を見る。

「二カ月？　何を言っているの？」

自分を凝視する戸惑いの視線に気づいたのか、女性は眉尻を下げる。

「メアリーさんは神聖力が枯渇して、とても危ない状態だったんです。それを、聖女様が祝福を与えて守ってくださったのですよ。それでも意識を取り戻すまでに二カ月も――」

「聖女様って？」

メアリーは女性の言葉を遮って聞き返す。とても嫌な予感がした。

「聖女様って誰よっ！」

大きな声を上げたそのとき、カタンとドアが開く音がした。

「まあ、メアリー様。お目覚めになってよかったわ」

そこには、美しく着飾ったマリーアンジュがいた。淡い黄緑のドレスは決して華美ではないのに、見た人の目を奪うような華やかさがある。

マリーアンジュは近づいてきて、メアリーの顔を覗き込む。

「二カ月も昏睡状態だったので、とても心配しておりました。元気になられたみたいでよかったわ」

マリーアンジュは朗らかに笑う。

「……んで？」

「え？」

メアリーの肩が震える。

「なんであんたがこんなところにいるのよ！　王都にいたはずなのに！」

「メアリーさん、落ち着いてください。聖女様になんてことを――」

そこにいた女性が慌ててメアリーを制止しようと近づく。マリーアンジュは片手を上げてそれを静止した。

「大丈夫よ。少しメアリー様とお話がしたいから、ふたりきりにさせてもらってもいいかしら？」

「それはもちろんですが……」

女性は本当に大丈夫なのかと言いたげに、マリーアンジュを見る。

「大丈夫だから」

マリーアンジュは女性を安心させるように微笑む。すると、その女性はおずおずと部屋を出ていった。

ふたりきりの部屋で、メアリーは睨むようにマリーアンジュを見た。

「どういうことよっ！」

「どういうことと言われましても。メアリー様が倒れてしまわれたので」

マリーアンジュは眉尻を下げて肩をすくめる。

「なんであんたが聖女面しているのかって聞いたのよ！　こんなことして、許さないわ。イアン様に言いつけてやるんだから！」

「イアン様？　イアン様なら、離宮で休養されていらっしゃるわ。とても大きな怪我で、ひどくショックを受けていらっしゃるから――」

「怪我？」

「ええ。魔物に襲われた際に逃げ遅れたようで、右肘から下を失っていらっしゃいます。また、打ち所が悪くて長時間は起き上がれませんわ」

メアリーはマリーアンジュの言葉に、耳を疑った。

（右肘から下がない？　長時間は起きていられないですって？）

そんなはずはない。だって、彼はこの国の国王になる人間なのだから。

「でたらめを言わないで」

「でたらめと言われましても。王宮の医師団が治療に当たっても治らなかったので、もうあれ以上の回復は望めないのではないかしら」

「嘘よ！」

「嘘ではありませんわ。でも、安心してください。メアリー様もその離宮に行けるように手配しておきましたから」

「何を言っているの……？」

「真実の愛を引き裂くなんて、わたくしにはできません。どうぞゆっくりとふたりの愛を育んでくださいませ」

「まさか、王太子殿下と聖女の婚約って……」

「もちろん、わたくしとダレン様です」

マリーアンジュは満面に笑みを浮かべる。そして、ベッドに寝たまま上半身だけを起こしているメアリーと目線を合わせるように、少し屈んだ。

「ねえ、最後にいいこと教えてあげますわ」

「何よ……」

これ以上、何を教えるというのか。メアリーは初めて、目の前のこの女が心底恐ろしいと感じた。

マリーアンジュはそんなメアリーの心の内を知ってか知らずか、妖艶に微笑む。

「聖女の力は、わたくしの力を貸してあげるだけなのよ。聖女は当代でひとりのみ。聖女について学んだことがある人なら、誰でも知っていることよ」

「……え？」

「貸した力が戻るのは、貸した本人である聖女がそうなるように戻したとき、もしくは貸した相手の神聖力が完全に枯渇して、代理聖女としての機能をなさなくなったとき」

メアリーは信じられないものを見るように、大きく目を見開く。

「メアリー様は思ったよりもずっと長くもちました。ありがとう。あなたのお陰で、束の間の休みを満喫できたわ」

その瞬間、メアリーは全てを悟った。マリーアンジュはいつかメアリーが疲弊して聖女の力を失うと知っていながら、それを渡したのだ。

「悪魔……。あんた、悪魔だわ」

メアリーはわなわなと唇を震わせる。

「あら、心外だわ。わたくしは殿下に命じられたからその通りにしただけなのに、ひどい言いようね」

「わかっていてやったわねっ！」

「そうだとしたら、なんだって言うの？」

マリーアンジュはにこりと微笑み、メアリーの耳元に口を寄せる。

「さようなら、偽聖女さん」

さっと立ち上がったマリーアンジュが踵を返し、こつんこつんと足音が遠ざかる。

「うわあー！　ああああー‼」

あとにはメアリーの絶叫が響きわたった。

◇　イアン王子の後悔

望んで叶わないことなど何もない。全ては自分の思うがままに。

いずれ、偉大な君主として名を馳《は》せ、愛する妃と共に末永く幸せに暮らすだろう。

思い描いていたそんな未来が音を立てて崩れていくのは、一瞬のことだった。

「嘘だろ……」

西の森で魔物に襲われたイアンは気づいたとき、リゴーン地方の大聖堂に併設された診療所の一室にいた。そして、すぐに抱いた違和感。

「腕が……」

右腕の肘から先がなかった。その光景を目にしても、すぐには理解ができない。

だが、記憶によみがえったのは牙を向けて襲いかかる魔物と、これまでに感じたことのない激痛だった。

「殿下は西の森で魔物に襲われ、瀕死の状態でした。右腕だけで済んだのは奇跡です」

沈痛な面持ちでそう告げてきたのは、イアンの診察を行った医師だ。

「治せ……」

「……は？」

「今すぐ治せ！　今すぐにだ！」

イアンは取り乱し、医師に対して怒鳴りつける。大きな声に気づいて駆けつけたクレム大司教が必死に宥《なだ》めようとした。

医師に掴みかかろうと体を起こして左手を伸ばそうとする。しかし、それは叶わなかった。

「なっ」

うまく起き上がれない体に、驚愕した。

医師は一メートルほど離れた場所でイアンを見下ろしている。その眼差しには、哀れみのような色が乗っていた。

イアンが生まれてこのかた、一度も向けられたことのない眼差しだ。

「俺の体に何をしたっ！」

イアンは叫ぶ。

「何もしておりません。何も手の施しようがなかったのです」

医師は先ほどと変わらぬ眼差しをイアンに向け、子供を諭すように言う。

「その通りです。あそこにマリーアンジュ様とダレン様が現れなかったら、殿下の命はなかったでしょう」

とクレム大司教が補足する。

「マリーアンジュとダレン？」

イアンはクレム大司教を見た。

なぜそのふたりの名前が出てくるのか、意味がわからない。彼らはリゴーン地方に同行してすらいない。

しかし、クレム大司教は首を左右に振った。

「殿下達を心配したダレン様とマリーアンジュ様は、殿下達を追うようにリゴーン地方にいらっしゃいました。そして、あの惨劇の場に駆けつけたのです。マリーアンジュ様が浄化を行った上に祝福の加護をくださったからこそ、殿下は無事なのです」

「そんなバカな……」

聖女はメアリーだ。なぜマリーアンジュが浄化などできるのだ。

そのとき、「殿下の意識が戻られたようですね」と聞き慣れた声がして、ダレンが病室に入ってくるのが見えた。

「ダレン！　この責任をどう取るつもりだ！　お前はクビだ！」

憤るイアンをダレンは冷ややかな眼差しで見つめる。

「お言葉ですが、殿下に私を罷免する権利はありません」

「なんだと?」

「次の議会で、殿下の王太子廃嫡と私の立太子が決定されます」

「そんなこと、まかり通るわけがないだろう」

イアンはダレンを睨みつける。

「まかり通るんですよ。殿下の今の体の状態は、王太子としての職務に耐えられない。それに加え、今回の身勝手な聖女交代騒動。廃嫡の十分な理由です。国内の有力貴族は軒並み私の立太子を支持しています」

「そんなバカな……」

「ベイカー侯爵が私を支持すると表明したら、皆それに追随しています」

聞いた瞬間、頭が真っ白になった。

ベイカー侯爵——マリーアンジュの実家だ。

「……貴様、俺を謀《はか》ったのか？」

怒りで、片方しかない手が震える。

「勘違いされては困ります。ここに来ると決定したのは殿下です」

「ふざけるなっ！　お前が進言しなければ——」

「私が進言しなければ、何ひとつ決めることができない？」

ダレンがふっと笑う。

「……っ！」

言い返すことができず、言葉に詰まる。気づけば、騒ぎに気づいて駆けつけた関係者が自分に向ける眼差しは、一様に哀れみを感じさせるものばかりだった。

（こんなはずじゃなかった。こんなはずじゃ——）

呆然とするイアンの肩を、ダレンはぽんと叩く。

「兄上は少し休まれたほうがいい。離宮を用意しましたので、ゆっくりとご静養ください。王太子としての職務は私が全うしますので、どうぞ心配なさらずに」

ダレンはそれだけ言うと、立ち上がって部屋を出ていく。ついこの間まで自分を護衛していたこの近衛騎士達がダレンを守るように付き従うのが見えた。

クレム大司教も立ち上がると、最後にイアンのほうを振り返る。

「イアン殿下。聖女は元の聖紋が現れた女性が唯一の存在です。力を託されようが、代理聖女はしょせん、代理聖女でしかありません。それを知りながら、なぜあのようなことをなさったのですか」

その瞳には、憐憫《れんびん》の情がありありと満ちていた。

(力を託されようが、代理聖女はしょせん、代理聖女？)

その瞬間、全てを悟った。

——俺は自分から、王座を手離したのだと。

◆エピローグ

この日、国民は祝福に沸いていた。

今日これより、第二王子——ダレンの立太子の式典が行われる。それと同時に、新たな王太子となるダレンと、聖女マリーアンジュの婚約が発表されるのだ。

「すごい人だわ」

マリーアンジュは王宮の前に集まり国旗を振る人々を見て、目を丸くする。

広場だけでなく、その向こうの橋から先までずっと人で覆われているのだ。そして、そのひとりひとりの手には、ここプレゼ国の青い国旗が握られている。

王宮にこんなに人が集まっているのを見るのは、マリーアンジュの記憶にある限りでは初めてだった。たくさんの人々が青い国旗を振るさまは、まるで海のようにも見える。

「皆、マリーのことを一目でも見たいのだろう」

「あら。殿下のことを見たいのでしょう」

マリーアンジュは隣にいるダレンを見上げた。

マリーアンジュのもとに聖紋が戻ってきたのは、数カ月前のこと。

聖女の力を移す能力は、あくまで相手に自身の力を貸しているだけにすぎない。なので、託した相手がその力を行使できないほど衰弱すれば、自動的に戻ってくる。

そして、それと時を同じくして王太子であるイアンが療養のため離宮に移り住むことと、王太子の廃嫡が発表された。西の森に魔物を征伐に行ったものの、そこで傷を負ってこれまでのような日常生活が難しくなってしまったのだ。

そして、イアンと代わって王太子になると発表されたのが側近のダレンだった。

ダレンは誰よりも近くでイアンを見続けており、王太子の仕事や人脈に精通しているし、元々第二王子であったため王位継承権についても問題ない。

「今日はいい日だな」

ダレンは感慨深げにそう言うと、群衆を見つめて目を細めた。その声に高揚の色が乗っており、マリーアンジュは意外に思う。

「ダレン様が浮かれているなんて、珍しいですわね」

「まあね。絶対に手が届かなくて、だけど手に入れたくてたまらなかったものがようやく手に入る」

ダレンはマリーアンジュを見つめ、口の端を上げた。

「ふふっ、そうですね。それにしても、ダレン様がそんなに王位を欲しがっていただなんて、これまでちっとも気がつきませんでした」

マリーアンジュは嬉しそうなダレンを見つめ、くすくすと笑う。

ダレンはそんな楽しげな様子のマリーアンジュを見つめ、口の端を上げた。
「ああ。ずっと、手に入れたかった」

——あなたのことが。

ダレンの言葉は最後まで告げられることなく、その口は閉ざされる。

ダレンとマリーアンジュの出会いは、もう十年も前のことだ。
その見た目の美しさはさることながら、つらくてもそれを見せない凛とした態度や求められた責任を全うしようと努力するひたむきな姿勢に、すぐに心奪われた。
しかし、マリーアンジュはそのときすでに聖女だった。聖女は王太子と婚姻を結ぶと決められており、それを覆すことはできない。

——だから、その地位ごともらうことにした。

(兄上が思った以上に無能で助かったな)
あのバカな女がイアンに近づいてくれたのも好都合だった。

聖女の力について少しだけ書いた手紙を置いたら、メアリーはあれよあれよとダレンの術中に嵌まり、卒業記念パーティーのあの騒ぎだ。

(学生生活最後の場だったのに、マリーには少し悪いことをしたな)

まさかあそこで騒ぎを起こすほどふたりが愚かであるとは、さすがのダレンにも予想できなかった。その点については、今後マリーアンジュのことを大切にして償っていくことにしよう。

このことはマリーアンジュには告げていないし、一生誰にも告げるつもりもない。

イアンの優秀な側近でいたのも、全てはマリーアンジュのためだ。

マリーアンジュがそう望む限り、この先もダレンは有能な君主であれるよう最大限の努力をするだろう。

「さあ、行こうか」

ダレンは隣にいるマリーアンジュへと手を差し出す。

「はい」

白く、壊れてしまいそうなほどほっそりとした手。幼いときから恋い焦がれていた相手——マリーアンジュの手がダレンの手に重ねられた。

「生涯にわたり、きみを大切にしよう。俺の聖女殿」

マリーアンジュは満面に笑みを浮かべる。

「末永くよろしくお願いいたします。ダレン様」

ダレンもマリーアンジュを見つめ、笑みを深めた。
（きみのためなら、俺は国中を敵に回すことも厭《いと》わない）
ダレンは最愛の人の手を引き、王宮のテラスへと導く。
ふたりの門出を祝うように、辺りには割れんばかりの歓声が響きわたっていた。

〈了〉

あとがき

皆さん、こんにちは。三沢ケイです。

このたびは『どうも、噂の悪女でございます』をお手に取っていただき、ありがとうございます！


本作は元々、WEB投稿サイトに投稿した短編作品でした。

それを偶然読んだ担当様に「長編化して単行本にしてみませんか」とありがたいお誘いをいただき、WEB投稿版から約十一万字の加筆を行っています。

十一万字というと、ほぼ丸々書き下ろしだと言っても過言ではありません。その甲斐あってWEB投稿時よりもかなりキャラクター達の人物像や関係性が深掘りできていると思います。

今作のヒロイン――マリーアンジュは真面目で優しい淑女ですが、自分の正しいと思う道を貫くため、時に冷酷になれる強さを持った女性です。

一方のダレンは、私が今まで書いた作品の中で最も腹黒く、辣腕なヒーローです。マリーアンジュを手に入れるという目的のために、彼女を含めた周囲の全ての人間を欺くほどのしたたかさと、それを実行に移す冷徹さを持っています。

そんなふたりが手を組み、イアンから王太子の座を奪うべくマリーアンジュは悪女になりきるのが本作品なわけですが、楽しんでいただけたでしょうか？

皆さんに楽しんでいただけたなら、とても嬉しく思います！


ところで、本作品は私のベリーズファンタジー二作品目となりますが、イラストを担当してくださったのは偶然にも前作と同じｍ／ｇ先生です。

改稿途中にカバーイラストが届いたのですが、本当に美麗なイラストで、担当様と一緒にただただ感激してしまいました。

このイラストにふさわしい悪女っぷりを見せなければ！と大いにやる気をいただきました。ｍ／ｇ先生、素敵なイラストを本当にありがとうございます！

そして、本作がよりよい作品になるよう多くのお力添えをくださった担当のＩ様、編集協力のＳ様。おふたりがいてくださり、とても心強かったです！

本作の刊行にかかわった全ての方々と、本書を手に取ってくださった読者の皆様に、心から御礼申し上げます。

本当にありがとうございました。

三沢《みさわ》ケイ

どうも、噂の悪女でございます
聖女の力は差し上げるので、私はお暇頂戴します

2023年2月5日　初版第1刷発行

著　者　三沢ケイ

発行人　菊地修一

発行所　スターツ出版株式会社

〒104-0031　東京都中央区京橋1-3-1　八重洲口大栄ビル7F
☎出版マーケティンググループ　03-6202-0386
（ご注文等に関するお問い合わせ）

https://starts-pub.jp/

印刷所　大日本印刷株式会社

ISBN　978-4-8137-9204-8　C0093　Printed in Japan

[三沢ケイ先生へのファンレター宛先]
〒104-0031　東京都中央区京橋1-3-1　八重洲口大栄ビル7F
スターツ出版(株)　書籍編集部気付　三沢ケイ先生